BASTEI LÜBBE

HEDWIG COURTHS-MAHLER

SANNA RUTLANDS EHE

BASTEI LÜBBE

BASTEI-LÜBBE-TASCHENBUCH
Band 10 646

Printed in Hungary 1985
Einbandgestaltung: Roland Winkler
Titelbild: Studio Gerd Weissing
Satzherstellung: Meinders & Elstermann, Osnabrück
ISBN 3-404-10646-6

Der Preis dieses Bandes versteht sich einschließlich
der gesetzlichen Mehrwertsteuer.

I.

Seit dem Tod seiner Eltern wuchs Werner Rutland im Hause seines Onkels Johann Rutland auf. Das große Patrizierhaus der Rutlands war wohl das vornehmste der alten Stadt Danzig, deren Bürger ihren Wohlstand den berühmten Reedereien und Schiffswerften verdankten, und Johann Rutland galt als der reichste Mann in Danzig. Seit ihn ein körperliches Leiden gezwungen hatte, sich von den Geschäften zurückzuziehen, hatte er ein Gesellschaftsunternehmen gegründet, zumal sein Neffe und Erbe keinerlei Neigung zeigte, Schiffe zu bauen und später die Geschäfte zu übernehmen; und nun lebte Johann Rutland ziemlich zurückgezogen in dem wundervollen alten Haus.

Ein ausgedehnter herrlicher Garten, der sich hinter dem Haus fast bis zu den Schiffswerften hinzog, war das Paradies von Werner Rutlands Knabenzeit. Mit seinem Freund Rudolf Raven und dessen Schwester Käthe verbrachte er hier all seine Freistunden. Manchmal zwar waren auch noch andere Kinder dabei, aber das geschah selten, denn Fräulein Seraphine Münzer, eine entfernte Verwandte des Hausherrn, die seit Jahren dessen Haushalt vorstand, liebte Kinder nicht. Sie mochte es nicht leiden, daß die sich im Garten tummelten und die schönsten Frühbirnen und die Gravensteiner Äpfel vertilgten, obwohl reichlich viel davon vorhanden waren.

Tante Phine — so wurde sie von Werner genannt — hätte am liebsten auch Rudolf und Käthe Raven aus diesem Kindheitsparadies verwiesen, wie weiland der Cherub mit feurigem Schwert das erste Menschenpaar aus dem wirklichen Paradies; aber das litt der alte Herr Rutland nicht, denn die Geschwister waren die Kinder seines besten Freundes. Und sosehr Tante Phine ihn im Lauf der Jahre sonst unter den Pantoffel gekriegt hatte: in diesem Punkte blieb er der Herr.

So waren die Geschwister Raven Werner Rutlands unzertrennliche Spielgefährten. Werner und Rudolf waren in einem Alter, Käthe vier Jahre jünger. Sie war ein schönes, lustiges und lebensprühendes Geschöpf, sehr übermütig und unerschrocken, dabei jedoch herzensgut und von erfrischender Offenheit. Mit allen Menschen war sie gut Freund, nur nicht mit Tante Phine. Deren Abneigung erwiderte sie, gleich ihrem Bruder Rudolf, mit ehrlicher Streitlust, und die Schroffheiten und Unliebenswürdigkeiten des ältlichen Fräuleins wurden mit gleicher Münze heimgezahlt.

Als die beiden Knaben herangewachsen waren und ihre Abschlußprüfung bestanden hatten, verließen sie Danzig zur selben Zeit, um sich ihrem Studium zu widmen. Und als sie nach Beendigung ihrer Studien wieder in der Heimat zusammentrafen — Werner als Dr. phil. und Rudolf als Baumeister —, da war Käthe Raven zu einer wunderlieblichen Jungfrau herangewachsen, deren Liebreiz und Lebensfreude allen Menschen wohltaten — mit Ausnahme Tante Phines, die fröhliche Menschen im allgemeinen und Käthe Raven im besonderen nicht leiden mochte. In Werner Rutland aber, der das holde Bild seiner früheren Spielgefährtin schon immer im geheimsten Herzensschrein aufbewahrt hatte, erwachte nun ein heißes Verlangen nach ihrem Besitz.

Er vertraute sich Rudolf an und verriet ihm seinen Entschluß, um Käthe zu werben. Da aber mußte Rudolf dem

Freund eine herbe Enttäuschung bereiten: Käthe hatte inzwischen ihr Herz bereits an den Sohn des Geschäftsteilhabers ihres Vaters, Fritz Verhagen, verschenkt — schon in den nächsten Tagen sollte die Verlobung stattfinden.

Werner suchte sich zu beherrschen, so gut es ging; doch trieb es ihn nun fort aus der Heimat, wo er Käthe täglich begegnen mußte. Er bat seinen Onkel, auf einige Jahre eine Forschungsreise nach Afrika unternehmen zu dürfen; und Johann Rutland gab ihm gern die Erlaubnis, denn Tante Phine hatte mit ihrem Spürsinn herausgefunden, daß Werner Käthe liebte, und es dem Onkel hinterbracht.

So verließ Werner Rutland wenige Tage nach Käthe Ravens Verlobung die Heimat.

Südöstlich von Windhuk, etwa zwei Tagereisen von dieser Stadt entfernt, lag an der Nordgrenze des Namalandes die Farm eines Deutschen, Klaus Folkhard mit Namen, der mit zu den ersten deutschen Ansiedlern der Kolonie gehörte. Ein ehemaliger deutscher Offizier, hatte er vor langen Jahren daheim seinen Abschied nehmen müssen, weil er ein armes Mädchen heiratete, das ebensowenig wie er selbst die notwendige Bürgschaftssumme hatte aufbringen können. Beide verwaist und ohne Anhang, verließen sie ihre deutsche Heimat, um in den Kolonien eine neue zu suchen. Sie bauten sich zuerst ein winziges Holzhäuschen und lebten als Farmer ein mehr als schlichtes, entbehrungsreiches Leben. Aber trotz aller Mühen und Plagen waren sie glücklich im gegenseitigen Besitz.

Die erworbene Farm, im Norden durch zerklüftetes Gebirge und zerrissene Schluchten begrenzt, bestand aus steppenartigem Weideland, und Klaus Folkhard verlegte sich auf die Viehzucht. Im Anfang war der Betrieb sehr klein und äußerst beschwerlich, da man mit schwierigen Verkehrsverhältnissen und in der regenlosen Zeit mit großem Wassermangel zu rechnen hatte. So war es ein schweres, mühevolles Ringen, und Klaus und seine Frau Maria hatten allen Lebensmut nötig, um über die ersten zehn Jahre hinwegzukommen.

Mehr als einmal bereute es damals Klaus, seine junge Frau in diese Wildnis geführt zu haben. Er redete sich gern ein, daß er sich auch in der Heimat hätte eine bescheidene Existenz gründen können; und dann mußte ihm Maria immer wieder vorhalten, wieviel vergebliche Mühe er sich daheim gegeben hatte: »Hier sind wir wenigstens frei von lächerlichen Standesvorurteilen und Herr des Bodens, auf dem wir leben. Zu hungern brauchen wir auch nicht, und wenn wir nur Ausdauer haben, kommen wir vorwärts. Vielleicht haben wir auch ein wenig Glück, und wenn wir dann alt und müde vom Schaffen sind, kehren wir heim und ruhen uns aus.«

Ein Jahr, nachdem sie nach Südwestafrika gekommen waren, wurde ihnen ein Töchterchen geboren. Sie tauften es auf den Namen Susanna. Ein Missionar vollzog die heilige Handlung, als ihn sein Weg über die Farm führte. Die eingeborene Dienerin aber rief die Kleine von Anfang an nur Sanna, und da die Eltern die Abkürzung gleichfalls bequem fanden, behielt das Kind diesen Namen.

Als Sanna zehn Jahre alt war, erkrankte ihre Mutter schwer. Und ehe Folkhard bei den schwierigen Verkehrsverhältnissen und weiten Entfernungen einen Arzt hatte herbeischaffen können, starb die tapfere Frau, bis zuletzt ihrem Mann und ihrem Kind Mut und Hoffnung zusprechend.

Klaus Folkhard war lange der Verzweiflung nahe, und

nur der Gedanke an sein Kind hielt ihn immer wieder ab, seiner geliebten Frau in die Welt zu folgen, die uns nach dieser erwartet. Nur langsam kamen ihm Mut und Entschlossenheit zurück, dann aber schloß er sich mit inniger Liebe seinem Kind an: Sanna war nun sein einziges Kleinod.

Das Kind wuchs in Luft und Sonne wie eine schöne wilde Blume auf. Der Vater sah seines ganzen Lebens Ziel und Inhalt jetzt nur noch in dem Kind. Er selbst unterrichtete Sanna gewissenhaft in allem, nicht nur in allen Fächern der Schulweisheit, sondern auch in den praktischen Dingen des Lebens. Und eigentlich nur Musik und neuere Literatur blieben ihr fast fremde Gebiete. Sie sang zwar deutsche Volkslieder sehr hübsch mit ihrer warmen, kräftigen Stimme, wenn sie über die Steppe streifte oder mit dem Vater des Abends vor dem Blockhaus saß, das nun ein hübsches, stattliches Gebäude war mit einer luftigen Holzveranda, aber ein Klavier oder sonstige Musikinstrumente waren ihr so fremd wie die dazugehörigen Noten. Dagegen fehlte es keineswegs an deutschen, französischen und englischen Klassikern, in denen Sanna nach des Vaters Angaben eifrig las.

Weltfremd wuchs das Kind freilich auf. Nur selten war sie, seit sie vierzehn Jahre alt war, mit dem Vater nach Windhuk gefahren — auf ihrem geliebten Fahrrad, das ihr der Vater zum vierzehnten Geburtstag geschenkt hatte, damit sie ihn zuweilen begleiten konnte. Und was hatte Sanna für erstaunte Augen gemacht, als sie die für ihre Begriffe große Stadt zum erstenmal gesehen hatte! Scheu hatte sie sich an den Vater geschmiegt, wenn er mit diesem oder jenem Bekannten sprach.

Auf dem Heimweg hatte ihr der Vater dann von den viel, viel größeren Städten seiner alten Heimat erzählt, von dem

Leben und Treiben dort. — Wie ein fremdes Wunderland erschien Deutschland dem Kind. Sie sprachen nun fast täglich davon, und wie schön es sein würde, wenn sie erst heimkehren könnten. Des Vaters Sehnsucht nach der Heimat weckte gleiche Gefühle in Sannas Herzen: »Wenn wir erst in die Heimat zurückkehren« — so begannen fast alle traulichen Gespräche zwischen ihnen.

Langsam hatte in den letzten Jahren die Zivilisation ihre Arme auch nach dieser weltfernen Farm ausgestreckt. Missionare und Reisende aller Art kamen zuweilen in Klaus Folkhards Blockhaus, auch deutsche Offiziere und Soldaten rasteten hier auf ihren Erkundungsritten und Märschen. Dann war Klaus Folkhard tagelang in gehobener Stimmung. Sanna indes behielt eine gewisse Scheu vor fremden Menschen. Die wilde Anmut ihrer durch keine strenge Form beengten Bewegungen, ihre erblühende, unberührte Schönheit machten auf die Gäste ihres Vaters großen Eindruck; in manchem Männerauge spiegelte sich das Wohlgefallen an dieser seltsamen Wunderblume wider; man vergaß zuweilen über den Liebreiz des seltenen Geschöpfes, daß es noch ein Kind war. Aber wer dann in die kindlich unschuldsvollen Augen blickte, der erkannte bald, daß die Seele dieses Kindes noch ein völlig unbeschriebenes Blatt war. Und wer sie in kindlicher Lust und Wildheit mit ihrem Pony über die Steppe fliegen sah, der glaubte eher einen Knaben vor sich zu sehen.

Immer ungeduldiger sehnte sich Klaus Folkhard von Jahr zu Jahr nach der Heimat, nicht zuletzt Sannas wegen. Er rechnete und rechnete immer wieder, wann es so weit sein würde, daß er seine Farm um einen Preis verkaufen könnte, der es ihm ermöglichen würde, sich in Deutschland eine sorgenlose Existenz zu gründen. Aber immer mußte er sich sagen, daß seine Zeit noch nicht gekommen war. Dann wurde er oft so ungeduldig, daß nun Sanna, wie früher ihre Mutter, ihm gut zureden mußte. Wurde ihm in solchen Zeiten von den noch immer umherstreifenden räuberischen Stämmen ein Stück Vieh geraubt, dann war er imstande, diese Wilden bis tief in die Felsschluchten zu verfolgen, um ihnen die Beute wieder abzujagen, so gefährlich das auch war, da es den Verfolgten nicht darauf ankam, einen Menschen umzubringen.

Als Sanna eben fünfzehn Jahre alt geworden war, fehlten eines Tages wieder zwei der besten Kühe. Folkhard wußte, wo sie waren, warf sich auf sein Pferd und jagte den Räubern nach, trotz Sannas abratenden Bitten.

Er kannte Weg und Steg in der unwirtlichen Wildnis, und auf sein Pferd konnte er sich verlassen. Nachdem er jedoch stundenlang die Spur der Räuber verfolgt hatte, sah er ein, daß es vergeblich sein würde, weiter vorzudringen. Im Bestreben, den Rückweg abzukürzen, stieg er schließlich ab und führte sein Pferd über einen Felsengrat in eine Nebenschlucht, die mit wildem Gestrüpp bewachsen war.

Klaus Folkhard schüttelte finster den Kopf.

Da drangen plötzlich verworrene Stimmen an sein Ohr. Sollte er hier unvermutet den Viehräubern nahegekommen sein?

Er band sein Pferd an dem knorrigen Gestrüpp fest und schlich sich vorwärts. Noch sah er niemand, aber er hörte deutlich Ausrufe in der Sprache der wild umherstreifenden Stämme. Und dann plötzlich stockte sein Fuß: ganz deutlich vernahm er zwischen diesen Lauten den Ausruf eines Mannes in deutscher Sprache:

»So schieß doch endlich, schwarze Bestie!«

Ein wildes Geschrei antwortete auf diesen Ausruf. In

Klaus Folkhards Gesicht aber spannte sich jeder Muskel. Erst vor zwei Jahren hatte man hier in der Nähe einen französischen Forschungsreisenden ermordet und ausgeplündert aufgefunden. Sollte er hier, statt seiner geraubten Kühe, einen deutschen Landsmann in Gefahr finden?

Mit dem Gewehr im Anschlag, schlich er, sich im Gestrüpp duckend, weiter vorwärts, da sah er, ungefähr zwanzig Schritt vor sich, einen schlanken, hochgewachsenen jungen Mann, gefesselt an einem Baumstamm. Auf dem Boden, im Reisegepäck des fremden Mannes, wühlten johlend vier oder fünf Schwarze; dicht vor dem Deutschen jedoch stand ebenfalls ein Schwarzer und hielt diesem mit teuflischem Grinsen eine Pistole vor. Klaus konnte so viel verstehen, daß sie sich nicht einig waren, ob sie den Fremden mit seiner eigenen Pistole niederschießen oder einfach hier in der Wildnis allein zurücklassen und dem Hungertod preisgeben wollten. Der mit der Pistole war für das erstere; er wollte anscheinend die hübsche Schußwaffe probieren.

In Klaus Folkhards Augen trat ein stählerner Glanz. Nur einen Blick warf er auf das düstere Gesicht des Fremden. Dann sprang er mit einem lauten, drohenden Ruf plötzlich hervor und legte das Gewehr auf den Pistolenschützen an. So unerwartet stand er plötzlich unter der Bande, daß die in feiger Flucht auseinanderstob, in der Meinung, daß Folkhard nicht allein sei.

Dieser benutzte sofort den günstigen Augenblick und schnitt mit dem Dolchmesser die Fesseln des Fremden durch. Schnell reichte er ihm dann seinen eigenen, geladenen Revolver und sagte hastig:

»Folgen Sie mir, so schnell Sie können. Wenn die Kerle merken, daß ich allein gekommen bin, kommen sie zurück.«

Der Befreite streckte erlöst beide Arme empor und folgte seinem Retter durch das Gestrüpp. Noch hatten sie aber Folkhards Pferd nicht erreicht, als sie merkten, daß die Verscheuchten umkehrten und ihnen folgten.

»Wir schießen nur im Notfall«, gebot Folkhard ruhig. »Sind wir über den Felsen, folgen sie uns kaum, falls wir nicht einen von ihnen über den Haufen geschossen haben. Sind wir jedoch gezwungen, den einen oder anderen zu töten, verfallen wir der Blutrache der anderen und kommen kaum mit dem Leben davon. Sie sind in der Überzahl und im Besitz Ihrer und der eigenen Waffen. Also Vorsicht.«

Jetzt hatten sie das Pferd erreicht, und nun ging es in wilder Hast aufwärts über den Felsen. Aber die Verfolger waren hinter ihnen her. Endlich waren sie oben, und freier Weg lag vor ihnen.

»Wir müssen beide aufs Pferd«, sagte Folkhard und ließ den Fremden aufsteigen. In dem Augenblick jedoch, als er selbst aufstieg, sah er eben einen Kopf über den Grat auftauchen und gleich darauf einen Arm mit der geraubten Pistole. Folkhard riß dem Fremden den geliehenen Revolver aus der Hand. Ein Blitz, ein Knall — ein Aufschrei, das dumpfe Aufschlagen eines menschlichen Körpers — Folkhard hatte getroffen.

Dem Pferd die Zügel straffend, jagten die beiden Männer den Abhang auf der anderen Seite hinunter. Hinter ihnen her mit wildem Geschrei die Bande. Folkhard wußte, daß nur schnelle Flucht jetzt helfen konnte. Das Tier mußte freilich doppelte Last tragen, aber es war zäh und die Verfolger zu Fuß.

»Ich glaube, wir sind in Sicherheit«, sagte der Fremde.

»Wenn wir keinen von ihnen getötet hätten, wären wir

vor ihnen sicher. Ich halte aber ihr scheinbares Zurückbleiben jetzt nur für eine List.«

Und er sollte recht behalten. Schon waren die beiden Männer glücklich aus den Schluchten heraus und ritten in das freie Steppenland. In der Ferne sah man bereits Folkhards Farm liegen, als plötzlich aus dem Hinterhalt eine Kugel herüberpfiff.

»Ich bin getroffen«, murmelte Klaus und wankte im Sattel.

Der Fremde wandte sich erschrocken um und sah in seines Retters erblassendes Gesicht. Mit einem dumpfen Schreckenslaut sprang er vom Pferd, um ihn zu stützen. Folkhard glitt zur Erde herab.

»Es ist nicht schlimm«, sagte er halblaut, die Zähne zusammenbeißend, »ich will bei den Kerlen nur den Anschein erwecken, als sei ich tot. Dann geben sie sich zufrieden. In die Ebene hinaus wagen sie sich nicht. Feuern Sie, bitte, schnell hintereinander dreimal in die Luft — das ist das Zeichen für meine Leute — sie werden es hören und herbeikommen.«

Der Fremde — es war Werner Rutland — tat, wie ihm geheißen, und kaum waren die drei Schüsse verhallt, wurde es auf der Farm lebendig. Folkhards Diener kamen in wildem Lauf herbei, allen voran aber jagte Sanna auf ihrem Pony. Einen Augenblick scheute sie vor Werner Rutland, aber dann sah sie den Vater am Boden liegen. Mit einem herzzerreißenden Schrei sprang sie vom Pferd und warf sich neben ihm auf die Knie. »Vater, lieber Vater — was ist dir?«

Folkhard nahm alle Kraft zusammen und lächelte. »Keine Angst, Sanna — es ist nichts — ein Streifschuß«, sagte er leise, und auf Werner deutend, fuhr er fort: »Unser Gast, Kind — ein Deutscher.«

Dann wurde er ohnmächtig.

In hilflosem Entsetzen sah Sanna zu Werner empor.

»Wir müssen ihn ins Haus bringen, mein Kind, und einen Arzt herbeischaffen«, sagte Werner Rutland erschüttert. Sanna machte auf ihn in ihren Kleidern ganz den Eindruck eines Kindes.

Nachdem Sanna den ersten Schreck verwunden hatte, zeigte sie sich tapfer wie eine kleine Heldin. Kein unnützes Wort, kein Klagelaut kam mehr über ihre Lippen. Nur sehr bleich sah sie aus, und in den scheuen Augen, die zuweilen nach Werner Rutlands düsterem Gesicht hinüberstreiften, lag eine heiße Angst um den geliebten Vater.

II.

Wochenlang schwebte Klaus Folkhard zwischen Leben und Tod, und während der ganzen Zeit wich Werner Rutland nicht von seinem Lager. Er dachte nicht daran, seinen Retter zu verlassen, bevor er wußte, ob er am Leben bliebe. Der Arzt, ebenfalls ein Deutscher, der sich zum Glück vorübergehend in dem einige Stunden entfernten Missionshaus aufgehalten hatte, hatte festgestellt, daß die Kugel Folkhards Lunge gestreift hatte.

Sanna und Rutland pflegten den Kranken mit großer Sorgfalt und Aufopferung. Sannas Scheu vor Werner verlor sich ein wenig, als sie sah, wie sehr sich der junge Mann das Leiden des Vaters zu Herzen nahm. Er hatte ihr erzählt, wie nahe er selber dem Tod gewesen war und wie ihn nur ihres Vaters Unerschrockenheit und Mut gerettet hätten. Tief beklagte er, daß nun Folkhard statt seiner das Opfer der Bande geworden war, die er sich als Führer und Gepäckträger gedungen und die ihn dann überfallen und beraubt hatten. »Ohne deines Vaters Eingreifen wäre ich längst ein toter Mann«, hatte er seinen Bericht geschlossen.

Als endlich das Fieber wich und der Kranke wieder bei Bewußtsein war, hatte Werner oft Gelegenheit, das unendlich zarte Verhältnis zwischen Vater und Tochter zu bemerken. Aber auch zwischen den beiden Männern, die sich in der Stunde der Gefahr kennengelernt hatten, entspann sich in diesen Wochen eine innige Freundschaft.

Rutland konnte sich nicht genugtun in Liebesbeweisen für seinen Retter, der ihn dem sicheren Tod entrissen hatte und nun selbst mit dem Tod rang. Und so wurde auch Sanna von Tag zu Tag zutraulicher gegen Werner Rutland, da sie sah, wie ihn der Vater liebte. Ihr junges Herz erschloß sich dem fremden Mann in kindlicher Zuneigung, und bald nannte sie ihn auf seinen Wunsch »Onkel Werner«.

Einige Tage nach Werner Rutlands Rettung hatten Folkhards Leute die Schlucht nach dem Gepäck des Reisenden abgesucht. Sie fanden aber nichts bis auf einige Papiere und einige Instrumente. Das aber war gerade für Werner das wichtigste, denn die Papiere enthielten seine wissenschaftlichen Aufzeichnungen über seine fast vollendete Reise. Zwei Jahre war er unterwegs gewesen und hatte sich nun nach Windhuk führen lassen wollen, um die Heimreise anzutreten.

Werner Rutland blieb länger als zwei Monate auf der Farm seines neugewonnenen Freundes. Folkhard erzählte, als er auf dem Wege der Besserung war, seinem jungen Gast von seinen Plänen und Hoffnungen für die Zukunft und von seiner Sehnsucht, mit seinem Kind nach Deutschland zurückkehren zu können. Auch Werner gab dem Freund Aufschlüsse über sein früheres Leben — nur über das sprach er nicht, was ihn aus der Heimat getrieben hatte. So war Folkhard der Meinung, daß nur der Forschungstrieb seinen Gast in diese Gegend geführt habe. Und er konnte Werner noch manchen wichtigen Aufschluß geben über Land und Leute, über seltsame Pflanzen und Gesteinsschichten.

Sanna saß meist dabei, wenn die Freunde miteinander sprachen. Mit angehaltenem Atem und großen Augen lauschte sie, wenn Werner dem Vater allerlei Neues aus der Heimat berichtete.

Werner strich dann wohl lächelnd über Sannas wundervoll üppiges Haar, das sich in seiner Lockenpracht kaum bändigen ließ und im Sonnenlicht so seltsam kupferfarbigen Schimmer bekam wie reife Kastanien.

»Ja, ja, kleine Sanna — du wirst Augen machen, wenn du erst in Deutschland bist«, sagte er dabei.

Sie blickte ihn erregt atmend an.

»Werde ich dich auch dort wiedersehen, Onkel Werner?« fragte sie hastig.

Er nickte.

»Ganz gewiß. Ich freue mich schon darauf, dir all das Neue, Fremdartige zu zeigen und es mit deinen Augen anzusehen.«

Sie preßte die Handflächen zusammen.

»Oh, nun will ich mich doppelt auf die Heimkehr freuen. Wie lange wird es noch dauern, Vater?«

Folkhard seufzte.

»Kind, einige Jahre werden immerhin noch vergehen«, sagte er, und ein weher Ausdruck lag in seinen Augen. Werner sah es, und ein sinnender, nachdenklicher Zug erschien in seinem Gesicht.

»Wenn du hier helfen — wenn du deine Dankesschuld abtragen könntest«, dachte er und machte heimlich Pläne.

Eines Tages traf dann für Werner eine Nachricht aus Deutschland ein. Seines Onkels Leiden hatte sich verschlimmert, und er wünschte die baldige Rückkehr seines Neffen.

So mußte Werner an die Abreise denken. Bewegten Herzens schied er von dem Freund.

»Ich komme noch einmal wieder, Klaus, sobald ich mich daheim freimachen kann. Und dann hoffe ich, dich mit heimnehmen zu können«, sagte er herzlich.

Folkhard saß draußen auf der Holzveranda und wandte das blasse, von der Krankheit ausgezehrte Gesicht dem

Freund zu. In seinen Augen lag ein schwermütiger Ausdruck.

»Wie schön, wenn sich diese Hoffnung erfüllte. Ich fühle es — lange halte ich es hier nicht mehr aus. Mein selbstgestecktes Ziel zu erreichen, dauert mir zu lange. Ich will mich langsam nach einem Käufer umsehen für meine Farm, und wenn ich sie unter Preis losschlagen muß. Von den Zinsen allein kann ich ohnedies in Deutschland nicht leben, so muß ich sehen, daß ich noch etwas dazuverdiene. Nur heimkehren — das Heimweh läßt mich nicht mehr los.«

Werner drückte ihm stumm die Hand, und wieder erwog er, wie er dem Freund helfen könnte. Er nahm sich vor, mit seinem Onkel zu sprechen, ihn zu bitten, Klaus in irgendeiner Weise zu helfen.

Auch von Sanna nahm er zärtlichen Abschied. Das Kind schmiegte sich in seiner scheuen Art in seine Arme, und er hörte den lauten Schlag ihres Herzens.

»Vergiß mich nicht, kleine Sanna!«

Sie schüttelte ernst das Köpfchen. Wie verstreute Goldfunken glänzte es über ihrem Haar. Noch nie hatte er so wundervolles Frauenhaar gesehen.

»Ich vergesse dich nie — niemals, Onkel Werner!« sagte sie mit verhaltener Stimme. Da küßte er ihre Stirn und ihre großen dunklen Augen.

»Lebewohl — und auf Wiedersehen!« sagte er. Dann riß er sich los und eilte die Treppe hinab. Noch ein letztes Winken hüben und drüben.

»Grüß die Heimat!« rief Klaus.

Und Werner rief zurück: »Dank dir, mein Klaus — daß ich lebe!«

Dann waren sie getrennt.

Sanna warf sich in ihres Vaters Arme in ungestümem Schmerz.

»Vater — glaubst du, daß er wiederkommt — daß wir ihn wiedersehen?«

Klaus Folkhard streichelte ihr Köpfchen, und seine Augen folgten dem in der Ferne entschwindenden Freund mit glanzlosem Blick.

»Wir wollen es hoffen, Kind. Kehrt er nicht zurück — so sehen wir ihn wohl in der Heimat wieder. Du hast ihn liebgewonnen, nicht wahr?«

Sanna nickte.

»Ja — er ist gut — fast so gut wie du, Vater, und ich hab' ihn nach dir am liebsten auf der Welt.«

Es war nun wieder sehr still auf Folkhards Farm. Klaus erholte sich nicht so, wie er es sich wünschte. Eine Schwäche blieb in seinem Körper zurück. Wohl war die Wunde verheilt, aber er merkte nur zu bald, daß seine Lunge nicht mehr ganz gesund war. Jede Anstrengung löste ein Gefühl ohnmächtiger Schwäche in ihm aus. Dazu kam, daß ihn das Heimweh stärker denn je befiel, seit Werner fort war. Dieser hatte zu deutlich die Erinnerung an die Heimat in ihm geweckt.

So sann er unablässig darauf, seine Farm baldmöglichst zu verkaufen. Er hatte ihren Wert auf sechzig- bis siebzigtausend Mark bringen wollen. Nun wollte er zufrieden sein, wenn er sie mit fünfzigtausend Mark losschlagen konnte. Damit hoffte er sich daheim ein bescheidenes Heim gründen zu können. Er fieberte vor Verlangen heimzukehren. Es war plötzlich eine heimliche Furcht in ihm, daß er die Heimat nicht mehr wiedersehen würde.

Doktor Werner Rutland war wieder daheim. Er fand seinen Onkel sehr schwach und leidend und nicht in der Lage, schwerwiegende Dinge mit ihm zu besprechen. Sosehr es ihn drängte, des Freundes Angelegenheit zur Sprache zu bringen, mußte er es doch vorläufig hinausschieben.

Fräulein Seraphine Münzer herrschte noch immer mit ihrer kalten, überlegenen Art in dem alten Patrizierhaus. Mit geheimer Befriedigung erzählte sie Werner, daß Käthe Raven sich inzwischen in eine Käthe Verhagen verwandelt hätte und daß sie als junge Frau, »wenn das überhaupt möglich gewesen« sei, noch übermütiger und unausstehlicher geworden sei.

Werner wußte nur zu gut, daß Tante Phine Käthe haßte, wie der Schatten das helle Sonnenlicht haßt. Aber sein Herz zuckte schmerzhaft bei dem Gedanken, daß Käthe ihr Glück bei Fritz Verhagen gefunden hatte. Daß dieser Fritz Verhagen ein prächtiger Mensch war und wohl geschaffen, eine Frau mit Käthes sonnigem Gemüt glücklich zu machen, wußte er nur zu gut; aber er konnte ihm Käthes Liebe nicht neidlos gönnen — jetzt noch nicht. Mit Rudolf Raven traf Werner zwar zusammen, aber Käthes Anblick mied er. Sie verstand ihn und suchte ebenfalls, sich ihm fernzuhalten. Des Onkels Leiden bedingte ohnedies auch für ihn ein zurückgezogenes Leben. Er ordnete seine Reiseerlebnisse, das Ergebnis seiner Forschungen und erledigte Vorarbeiten zu einem größeren Werk, das er später über die Kolonien herausgeben wollte.

Ging es dem Onkel zuweilen etwas besser, dann las er ihm davon einiges vor. Und dabei fand sich endlich auch eine Gelegenheit, mit ihm über Klaus Folkhard zu sprechen. Der alte Herr hörte aufmerksam zu und versprach, sobald er sich wohler fühle, darüber nachzudenken, wie man dem

Lebensretter seines Neffen in unauffälliger Weise dankbar sein könnte. Inzwischen empfand es Werner erst so recht, in welch unangenehmer Weise Seraphine Münzer sich als Herrscherin des Hauses aufspielte. Früher hatte er nicht so darauf geachtet. Vielleicht war es auch mit der Zeit schlimmer geworden.

Aus der geduldeten, das Gnadenbrot essenden Verwandten war in aller Stille ein unausstehlicher Haustyrann geworden, der den alten Herrn vollständig beherrschte.

Werner wollte sich erst darüber ärgern und den Onkel aus dieser Tyrannei befreien. Als er aber sah, daß dieser sich anscheinend ganz wohl dabei fühlte, sagte er sich: »Wozu aufregen?« Der stille Humor, der auf dem Grunde seines Wesens lag, erwachte. Er nahm Tante Phine von der humoristischen Seite, belustigte sich über ihre überlegene Herrschermiene, über ihre prunkhaft sich gebende Vornehmheit. Gelegentlich machte er eine spottende Bemerkung oder einen Scherz über ihre Herrschsucht, und ihre Versuche, ihn gleichfalls unter ihr Zepter zu beugen, beachtete er entweder nicht oder erklärte ihr kurz und bündig, daß sie damit bei ihm kein Glück hätte.

Das ärgerte Tante Phine ungemein. Sie beantwortete mit zornigen Blicken Werners Spötteleien und wünschte ihn mit Inbrunst wieder »zu den Wilden«. Vielleicht wäre sie auch dem Onkel gegenüber feindlich gegen Werner vorgegangen. Aber sie war klug genug, einzusehen, daß hier ihrer Macht Grenzen gesteckt waren. Johann Rutland liebte seinen Neffen wie einen eigenen Sohn.

Daß sie ihren Einfluß auf Johann Rutland dazu benutzt hatte, daß dieser sie in seinem Testament reich bedachte, war bei Seraphine Münzers Charakter selbstverständlich. Sie hatte ihm auch einen Passus gewissermaßen in die Feder diktiert, der ihr bis zu ihrem Lebensende Heimatrecht im Hause Rutland sicherte. Werner wußte das. Der Onkel hatte es ihm selbst gesagt und damit begründet, daß ihn Seraphine während seiner Krankheit treu und gewissenhaft gepflegt habe. »Selbst wenn du später heiraten solltest«, sagte er zu Werner, »wird Tante Phine dir nicht zu viel Platz im Hause wegnehmen. Sie mag bis zu ihrem Ende oben im zweiten Stock ihre beiden Zimmer behalten wie bisher.«

Werner erwiderte lächelnd:

»Es ist gut so, Onkel Johann. Ich hätte Tante Phine gewiß nicht aus dem Haus gewiesen.«

»Ja, ja, Werner, das weiß ich. Aber du wirst eines Tages eine junge Frau in unser altes Haus bringen.«

»Ich glaube kaum, Onkel, daß ich jemals heiraten werde.«

Da fuhr der alte Herr unwillig auf.

»Junge — sollen die Rutlands aussterben? Willst du als Junggeselle ein würdiges Seitenstück zu Tante Phine bilden?«

Werner mußte lachen.

»Der Gedanke ist nicht sehr verlockend für mich, Onkel. Aber vorläufig habe ich jedenfalls keine Lust zum Heiraten. Tante Phine wird noch lange Alleinherrscherin hier im Hause bleiben.«

Johann Rutland seufzte.

»Ich weiß, Werner — du kannst die Käthe noch nicht vergessen. War auch schade, daß sie dir verlorenging. So einen blonden Sonnenschein hätte unser altes Haus gut brauchen können! Aber — es gibt ja noch andere schöne und liebe Frauen. Wirst es mit der Zeit schon verwinden. — So, nun wollte ich zwar noch mit dir über deinen Freund Folkhard da unten in den Kolonien sprechen — aber — ich bin heute zu müde dazu — es war ein bißchen viel —, morgen sprechen wir darüber.«

Dieses »Morgen« kam aber nie. Die Kräfte des alten Herrn schwanden zusehends. Langsam, sehr langsam verlosch Johann Rutlands Leben.

Ungefähr ein halbes Jahr nach Werners Heimkehr starb er.

Werner war mit Klaus Folkhard im Briefwechsel geblieben. Er teilte ihm nun auch den Tod seines Onkels mit und schrieb ihm, daß er nun Herr über ein großes Vermögen geworden sei. Vorläufig sei er mit Geschäften überhäuft, es gäbe unendlich viel zu ordnen. Sobald er sich aber würde freimachen können, käme er wieder zu ihm, und dann wollten sie miteinander besprechen, wie Folkhards Übersiedlung nach Deutschland zu ermöglichen sei.

Am liebsten hätte Werner dem Freund das nötige Kapital überwiesen, aber er wußte, daß dieser nicht darauf eingehen würde. Sein Stolz durfte in keiner Weise verletzt werden. Werner dachte, daß es sich wohl am besten einrichten ließ, wenn er dem Freund durch einen diskreten Vermittler die Farm zu einem guten Preis abkaufen ließe, ohne daß Klaus ahnte, daß Werner dahintersteckte. Man könnte dann in Ruhe einen anderen Käufer suchen, und Klaus brauchte nie zu erfahren, wer eigentlich ihm seine Farm abgekauft hatte.

Um das alles unauffällig in die Wege zu leiten, war es jedoch nötig, daß Werner selbst wieder nach Südwest ging. Auf einige Monate würde es ja nicht ankommen, hatte Klaus doch damit gerechnet, daß noch Jahre vergehen würden, ehe er heimkehren konnte.

So verging nach dem Tode seines Onkels noch über ein

Jahr, ehe Werner seinen Entschluß ausführen konnte. Aber selbst dann kündigte er sich gar nicht an bei Klaus, weil er ihn überraschen und gleich nach seiner Ankunft in Swakopmund oder in Windhuk den Ankauf der Farm durch einen Agenten veranlassen wollte, ehe er Klaus aufsuchte.

Lächelnd übergab Werner Tante Phine alle Haus- und Schlüsselgewalt, als er sich zur Reise rüstete. Wie lange er abwesend sein würde, wußte er nicht. Es lockte ihn, seine Forschungen zu ergänzen und während einiger Jahre noch unerschlossene Gebiete Afrikas zu durchstreifen. Tante Phine mochte immerhin damit rechnen, daß er auf Jahre die Heimat verließ.

Und Tante Phine rechnete sehr mit Werner Rutlands Wandervogeltrieb. Sie hoffte, ihn recht lange nicht zu sehen. Was ihn eigentlich nach Südwest trieb, ahnte sie nicht. Ihr genügte die Aussicht, daß Werner wieder »zu den Wilden« ging. Ja, im stillen Winkel ihres Herzens regte sich vielleicht sogar eine heimliche Hoffnung, daß Werner Rutland nicht wiederkehren würde; denn dann würde sie die Erbin des riesigen Vermögens und des alten Patrizierhauses sein.

III.

Nach einer herrlichen Seereise landete Werner Rutland in Swakopmund. Als er über die weit ins Meer hineingebaute Landungsbrücke ging, begegnete er einer kleinen Gesellschaft, bestehend aus einigen deutschen Offizieren und zwei Herren in bürgerlicher Kleidung. Der eine davon stutzte bei Werners Anblick und trat lebhaft auf ihn zu. »Doktor Rutland — wieder in Südwest? Ich dachte, Sie sitzen behaglich daheim und kommen nicht wieder.« Werner ergriff lächelnd die Hand, die ihm gereicht wurde. Er erkannte in dem Begrüßenden einen deutschen Arzt, Doktor Lambert, den er vor nahezu zwei Jahren, als er sich in Swakopmund einschiffte, kennengelernt hatte.

»Sie sehen doch, daß ich wiedergekommen bin, Herr Doktor.«

»Wollen wieder ein bißchen ins Innere, neue Forschungsreise unternehmen, hm?« fragte Doktor Lambert gemütlich, und sein rundes Gesicht glänzte vor Vergnügen.

»Später vielleicht, Herr Doktor. Erst habe ich Geschäfte abzuwickeln. Und dann will ich einen Freund besuchen, der noch weit hinter Windhuk eine Farm besitzt.«

»So, so! Nun, heute reisen Sie doch nicht gleich weiter?«

»Nein, erst morgen früh.«

»Dann darf ich doch heute abend einige Stunden Ihre Gesellschaft genießen — man hört gern Neuigkeiten von daheim.«

»Ich stehe mit Vergnügen zur Verfügung.«

Sie verabredeten eine Zusammenkunft. Ehe sie sich trennten, fragte Werner den Arzt: »Sie können mir vielleicht die Adresse eines Agenten nennen, der hier Verkäufe von Grundbesitz vermittelt.«

»Alle Wetter — wollen Sie sich etwa ankaufen? Nun — zufällig kann ich Ihnen dienen. Ich habe da in meiner Krankenstation einen armen Schelm liegen — ehemaliger Offizier —, der vor kurzem seine Farm durch einen hiesigen Agenten verkauft hat. Klaus Folkhard war sehr zufrieden.«

Werner verhielt plötzlich den Schritt und legte erregt seine Hand auf den Arm des Arztes.

»Habe ich recht verstanden — Klaus Folkhard? Er ist hier in Swakopmund?«

»Ah, Sie kennen ihn?«

»Ja, ich kenne ihn. Erzählen Sie mir, wie kam er hierher, seit wann ist er hier?«

»Nun — seit etwa drei Wochen. Er hat seine Farm verkauft und wollte sich nach Deutschland einschiffen mit seiner Tochter. Schon in Windhuk fühlte er sich todelend. Kein Wunder bei seinem Zustand. Aber er schleppte sich weiter — er wollte heim um jeden Preis. Armer Kerl, hier brach er zusammen. Ich fürchte, er sieht die Heimat nicht mehr wieder.«

Werner war zumute, als schnüre ihm eine fürchterliche Angst die Kehle zu.

»Was fehlt ihm?« stieß er hervor.

Doktor Lambert beobachtete ein paar Lastträger, an denen er Muskelstudien machte. Werners Aufregung entging ihm. Er zuckte die Achseln. ,,Folkhard hat vor zwei Jahren einen Schuß in den Rücken erhalten. Dabei hat die Lunge einen Knacks abbekommen. Er ist nicht zu retten — tut mir herzlich leid, der arme Kerl, sorgt sich schrecklich um seine Tochter.«

Werner war leichenblaß geworden und taumelte. Nun wurde der Arzt aufmerksam.

»Was machen Sie denn, Doktor? Kleiner Schwindelanfall, was?«

Werner biß die Zähne zusammen und schüttelte den Kopf. »Wo befindet sich seine Tochter?« stieß er statt einer Antwort hervor.

Doktor Lambert stutzte und sah ihn forschend an.

»Sie ist bei ihm, will sich nicht von ihm trennen. Aber Sie scheinen sehr an den beiden Menschen Anteil zu nehmen?«

»Folkhard ist mein Freund — mein bester Freund. Sagen Sie mir, lieber Herr Doktor — besteht keine Hoffnung, ihn zu retten?«

Lambert zuckte wieder die Achseln.

»Offen gestanden — nein. Die verdammte Kugel hat ihn zugrunde gerichtet.«

»Ja«, seufzte Werner schwer, »und die Kugel, die war für mich bestimmt.«

Lambert machte ein betroffenes Gesicht.

»Donnerwetter — da hätte ich besser den Mund halten sollen. Erzählen Sie doch — wie ging das zu?«

»Nicht jetzt — später einmal. Aber eine Bitte habe ich an Sie — führen Sie mich zu ihm, jetzt gleich. Ich bin ja nur seinetwegen hier. Hätte ich das geahnt! Kein Wort hat er mir geschrieben, daß er leidend ist. Natürlich, er hat mich schonen wollen, es ist ein entsetzlicher Gedanke, daß er statt meiner . . .«

Er brach erschüttert ab. Doktor Lambert schob seinen Arm unter den Werners. »Kommen Sie, ich war auf dem Weg zum Krankenhaus.«

Ein Stöhnen brach sich Bahn über Werners Lippen.

»Und wie lange, meinen Sie, kann er noch leben?«

Lambert zuckte die Achseln.

»Stunden — Tage — vielleicht auch noch Wochen im günstigsten Falle.«

»Herrgott, wenn ich zu spät gekommen wäre, wenn ich ihn nicht noch einmal gesehen hätte! Weiß er, daß es zu Ende mit ihm geht?«

»Er ahnt es. Die Angst um das Schicksal seiner Tochter läßt ihm Tag und Nacht keine Ruhe.«

»Und Sanna? Weiß sie, daß der Vater sterben muß?«

»Sie hofft auf seine Genesung und weicht nicht von seiner Seite. Er beherrscht sich heldenhaft, aber seine Augen folgen ihr in stummer Angst. Übrigens, da fällt mir ein, gestern sagte das junge Mädchen zu ihrem Vater: ›Soll ich nicht an Onkel Werner schreiben, daß du hier krank liegst? Er wird uns sonst vergeblich in Deutschland erwarten.‹ Vielleicht sind Sie selbst dieser Onkel Werner?«

Der junge Mann nickte. »Ja. Die Meldung ihrer Ankunft hier hat mich nicht erreicht. Gottlob, sonst wäre ich jetzt nicht hier.«

Er strebte hastig weiter. Nach wenigen Minuten hatten sie das kleine Krankenhaus erreicht. Schnell schritten sie die Treppe zur Veranda empor, wo einige Kranke auf Ruhebetten lagen.

Lambert führte Rutland in sein eigenes kleines Zimmer.

»Warten Sie hier einen Augenblick, ich will Folkhard erst auf Ihr Kommen vorbereiten.«

Werner nickte stumm und lehnte sich an das Fenster. Seine Brust hob sich in schweren Atemzügen, ihm war zumute, als müsse er mit der kranken Lunge des Freundes atmen.

»Um meinetwillen — um meinetwillen« stöhnte er leise auf.

Wenige Minuten später öffnete Doktor Lambert die Tür,

und Werner folgte ihm über den schmalen Flur und betrat einen kleinen schlichten Raum, in dem Klaus Folkhard allein untergebracht worden war. Dieser lag mit fieberglänzenden Augen auf dem Bett und sah dem Freund entgegen. Mit einem schattenhaften Lächeln streckte er ihm die Hände entgegen.

Werner hätte beim Anblick der elenden, abgezehrten Gestalt laut aufschreien mögen. Wie vernichtet brach er in dem Stuhl, der am Bett stand, zusammen, ergriff die ausgestreckten Hände und barg sein Gesicht darinnen. »Klaus — mein Klaus!«

»Mein lieber Werner, du bist hier, freiwillig wiedergekommen?«

»Ja, Klaus, zu dir, ich — ich wollte dich heimholen, eher konnte ich mich nicht freimachen daheim, aber nun — nun bin ich da, gottlob, nun bin ich bei dir!«

Klaus lächelte. Ein mühsamer Atemzug hob seine Brust.

»Ja, gottlob, nun bist du da! Ich freue mich über deine Liebe und Treue.«

Werner wandte sich erschüttert ab, da traf sein Blick zwei große dunkle Mädchenaugen, die ihn seltsam scheu und doch verklärt anblickten. Er richtete sich empor und trat auf das junge Mädchen zu.

»Sanna, liebe, kleine Sanna!« Er faßte ihre Hände und streichelte sie, wie wenn ein großer Bruder seine kleine Schwester tröstet.

Dunkle Röte flog über das feingeschnittene, kindliche Mädchengesicht, und die scheuen Gazellenaugen blickten unsicher zu ihm auf. Die kleinen Hände zitterten in den seinen, und die schlanke Gestalt, deren Formen verrieten, daß sich das Kind zur Frau zu entwickeln begann, bebte wie in tiefer seelischer Erregung.

»Nun, sagst du mir kein Wort des Willkommens, kleine Sanna?« fragte er, um Zeit zu finden, sich zu fassen.

Da atmete sie tief auf.

»Ich wußte, daß du kommen würdest, Onkel Werner, ich fühlte es. Du hast es ja versprochen.«

»Ja, sie hat auf dich gewartet, jeden Tag, obwohl wir gar nicht wissen konnten, daß du auf dem Weg zu uns warst«, sagte Folkhard leise, und seine Augen hingen mit sonderbar brennendem Ausdruck an den beiden.

Werner setzte sich wieder zu ihm. »Wie gut, daß wir uns wenigstens hier getroffen haben. Wie leicht hätten wir aneinander vorbeireisen können.«

Folkhard nickte.

»Ja, es ist sehr gut so. Ich war freilich sehr unglücklich, daß ich hier zu einem unfreiwilligen Aufenthalt gezwungen war. Aber nun will ich nicht mehr darüber murren. Wer weiß, wann wir uns sonst erst wiedergesehen hätten!«

Fest preßte er des Freundes Hand, dann sagte er fast heiter, mit einem lächelnden Blick in das Gesicht seiner Tochter:

»Siehst du wohl, Sanna, nun wird es wieder so schön wie vor zwei Jahren!«

Sanna trat neben Werner an das Bett und gab dem Vater von der bereitstehenden gekühlten Limonade zu trinken. »Nun sprichst du aber nicht mehr, Vater, es strengt dich zu sehr an«, bat sie leise.

Er lächelte.

»Ach, verbiete mir doch jetzt das Reden nicht, Kind. Ich muß doch Werner erzählen, was wir für Zukunftspläne haben. Ach, Werner, wie die Heimat lockt und winkt. Ich hielt es nicht mehr aus. Für vierzigtausend Mark habe ich die Farm losgeschlagen, sie war unter Brüdern fünfzigtausend wert. Aber ich konnte nicht warten, bis mir einer so viel dafür bot. Gelt, man kann sich auch mit dieser Summe in Deutschland ein bescheidenes Heim gründen.«

»Ganz gewiß, mein Klaus, und dann vergiß nicht, dein Freund Werner ist jetzt ein reicher Mann, und mein Haus ist deine und Sannas Heimat. Also, Zukunftssorgen gibt es nicht mehr für dich.«

Klaus sah lange in das kühngeschnittene, edle Gesicht des Freundes und überflog dann seine schlanke, sehnige Gestalt, der man Jugend- und Spannkraft ansah.

»Sannas Heimat«, hauchte er träumerisch vor sich hin, als hänge er noch an diesem Wort. Seine Augen weiteten sich.

»Du siehst schon aus, als könntest du Schwachen und Schutzlosen ein Hort und ein Halt sein«, fuhr er leise fort, wie in Sinnen verloren. Aber dann streifte sein Blick Sannas Gesicht, und er nahm sich zusammen. »Laß mich nur erst gesund in der Heimat sein, dann, ja dann ist alles gut.«

»Ja, ja, dann ist alles gut«, stimmte Werner hastig zu.

Eine Weile schwiegen sie, jeder seinen Gedanken nachhängend. Dann sagte Klaus Folkhard lächelnd zu seiner Tochter:

»Geh jetzt ein wenig ins Freie, Sanna, leiste Schwester Agathe ein Weilchen Gesellschaft. Werner ist ja bei mir.«

Sanna zögerte.

Werner las in des Kranken Augen den Wunsch nach einem Alleinsein mit ihm und sagte: »Geh nur, Sanna, ich wache unterdessen über den Vater.«

Sanna sah von einem zum andern, und dann huschte ein Lächeln über ihr Gesicht. Dieses Lächeln gab dem jungen Gesicht einen Ausdruck hinreißender Lieblichkeit und Schelmerei. Werner blickte sie an, als sähe er sie jetzt zum erstenmal.

»Ach, ihr wollt mich nur forthaben, ich weiß. So habt ihr es damals auch gemacht, wenn ihr etwas Wichtiges bereden wolltet«, sagte Sanna.

Werner zwang sich zu einem Scherz.

»Kinder müssen nicht bei allen Dingen dabeisein«, neckte er.

Sie reckte sich hoch empor.

»Oh, ich bin so groß wie Vaters Pflegeschwester, und die ist schon dreißig Jahre alt.«

»Du aber bist erst sechzehn, nicht wahr?«

»In drei Monaten werde ich siebzehn.«

»So, so, schon siebzehn, dann freilich, dann bist du beinahe eine junge Dame.«

Er sah sie dabei mit einem prüfenden Blick an. Unter diesem Blick wurde sie rot, und die Augen wandten sich scheu zur Seite. Sanna beugte sich über den Vater.

»Ich gehe aber nur vor dem Haus auf und ab, und wenn du mich brauchst, muß Onkel Werner mich rufen.«

»Ja, Kind, geh nur unbesorgt.«

Da ging sie langsam aus dem Zimmer.

Als sich die Tür hinter ihr geschlossen hatte, sahen die beiden Männer noch eine Weile stumm hinter ihr her. Und dann wandten sie langsam und zögernd einander das Gesicht zu, wie in Angst, sich jetzt ansehen zu müssen.

Und als die beiden Augenpaare stumm in brennender Frage ineinandertauchten, erfaßte Klaus Folkhard Werners Hand mit jähem Griff: »Werner!«

Der atmete gepreßt.

»Klaus!«

»Jetzt laß uns wie Männer miteinander reden, mein Werner. Weißt du, daß ich sterben muß, bald?«

»Klaus!«

Eine furchtbare Qual lag in diesem einen Wort.

»Laß nur, Werner, mag es drum sein. Diese letzten Tage — da lag ich im stummen Hader mit dem Schicksal und mit tödlicher Verzweiflung im Herzen hier, Sannas wegen. Sie ist mein alles, und ich muß sie allein und schutzlos zurücklassen.«

»Klaus, sie wird nie allein und schutzlos sein, solange ich atme.«

Ein warmes Leuchten flog über Folkhards Gesicht. Seine Hand preßte die Werners.

»Als du vorhin hier über die Schwelle tratest, da kam es wie eine friedvolle Erlösung über mich. Ich wußte nun: Sanna hat einen Freund, einen Schützer gefunden. Aber du bist noch so jung, Werner, und in unserem lieben deutschen Vaterlande muß jedes Verhältnis zwischen einem jungen Mann und einem jungen Mädchen klargestellt sein.«

Werner strich sich über die Stirn.

»Freilich, da hast du recht. Aber das wird sich finden. Mein Leben soll Sanna geweiht sein, das schwöre ich dir in dieser bitterernsten Stunde. Ich bin zu jung, um Sanna jetzt an Kindes Statt annehmen zu können, und sie ist zu jung, als daß ich sie fragen dürfte: ›Willst du meine Frau werden?‹«

Folkhard zuckte plötzlich zusammen, und seine Augen hefteten sich in die des jungen Mannes mit einem rätselhaften Ausdruck.

»Deine Frau? Werner, gibt es keine Frau, die deinem Herzen nähersteht für diese Frage?«

Werner schüttelte den Kopf.

»Ich liebte ein Mädchen, eine Jugendgespielin. Sie hat einen anderen genommen. Mich trieb es damals aus der Heimat, nach Südwest. Sie ist sehr glücklich geworden, und ich, ich habe verwunden. Nichts würde mich hindern, Sanna meine Hand zu bieten, als ihre Jugend. Sie kann noch nicht über ihre Zukunft entscheiden.«

Folkhard sank schweratmend zurück.

»Das, ja das würde mir Ruhe und Frieden geben. Sanna deine Frau.«

Werner beugte sich erregt über ihn.

»Möchtest du es, würdest du einwilligen, könnte es dich beglücken?«

»Es wäre Erlösung von aller Pein.«

»Klaus, so verfüge über mich. Aber Sanna, sie ist ein Kind.«

»Sie würde tun, was ich von ihr verlange.«

»Und wenn sich dann ihr Herz später einem anderen zuwendet, wenn sie draußen im Leben einem begegnet, den sie liebt, was dann?«

Folkhard lächelte vor sich hin. Er wußte, in seines Kindes Herzen keimte scheu und verstohlen ein tiefes Gefühl für Werner. Aber er wollte seiner Tochter Geheimnis, das ihr noch selbst unbewußt war, nicht verraten.

»Was dann?« Er seufzte. »Ich weiß es nicht, so weit denke ich nicht.«

Werner sann nach. Plötzlich erheiterte sich seine Miene. »Aber ich weiß es, Klaus, höre mich an. Es war mein voller Ernst, wenn ich dir sagte, mein Leben solle Sanna gehören. Ich habe ihr den Vater geraubt, freilich schuldlos, ich will ihn ihr zu ersetzen versuchen. Frage Sanna, ob sie meine Frau werden will. Willigt sie ein, ich glaube, sie tut es in der Einfalt ihres Herzens, so bin ich bereit, mich sofort mit ihr trauen zu lassen, um dir Ruhe und Frieden zu geben. Wir bleiben dann bei dir, bis du uns nicht mehr brauchst. Dann bringe ich Sanna in meine Heimat. In meinem Hause kann sie dann als Herrin unter dem Schutz von meines Onkels Haushälterin, einer Verwandten, leben. Liebe Freunde sollen sich ihrer annehmen und sie in heimischen Kreisen vertraut machen. Wüßte ich sie so geborgen in friedlichen Verhältnissen, unter dem Schutz meines Namens und meiner Freunde, dann würde ich die bereits geplante neue Reise ins Innere dieses Landes unternehmen, um meine Forschungen abzuschließen. Zwei Jahre würden dafür genügen. Kehrte ich aber nach zwei Jahren zurück, dann hätte Sanna Zeit gehabt, sich bewußt zu werden, ob sie mir für das ganze Leben angehören will. Sie könnte Vergleiche ziehen zwischen mir und anderen Männern und könnte entscheiden, ob sie in einer Ehe mit mir das Glück ihres Lebens finden kann. Und ich gebe dir mein Wort, Klaus, will sie sich dann von mir lösen, will sie ihr Glück an der Seite eines anderen suchen, dann will ich ihr beistehen wie ein treuer Bruder, der ich ihr überhaupt so lange sein will, bis ich die Entscheidung in ihre Hände gelegt habe. Was sagst du zu diesem Vorschlag?«

Die Augen das Kranken leuchteten in überirdischem Glanz.

»Führe mich nicht in Versuchung, Werner. Du weißt nicht, wie es mich lockt, dein Opfer anzunehmen. Alles, was du sagst, ist so gut, so verständig und wohlerwogen. Meine Sanna wüßte ich wohlgeborgen in deinem Haus. Es wäre zu schön, um wahr sein zu können. Aber ich darf dein Opfer nicht annehmen, vielleicht würdest du es eines Tages bereuen.«

»Nie, niemals! Und ein Opfer ist es sicher nicht, Klaus. Wären alle Opfer so leicht! Ich kenne doch Sanna, ihr reines Herz, ihr weiches Gemüt und ihren klugen, tapferen Sinn. Es wäre schön für mich, wollte sie mir ihr junges Leben weihen. Und will sie nicht, so wird es nicht minder schön für mich sein, ihr ein anderes Glück begründen zu helfen, an deiner Statt. Wie gern würde ich ein viel größeres und schwereres Opfer auf mich nehmen. Ich nahm mein Leben aus deiner Hand, du gabst dein eigenes dafür. So laß mich dir mit meinem Leben danken. Nur als Sannas Gatte kann ich ganz für sie eintreten, das ist mit klargeworden. Jedes andere Verhältnis zu ihr könnte man daheim anfeinden oder mit falschen Blicken ansehen. Vertraue mir dein Kind an, Klaus, ich will es dir wie eine Wohltat danken.«

Fest hielten sich die beiden Männer bei den Händen und sahen sich ernst und tief in die Augen. Endlich sagte Folkhard fest und ruhig:

»Ich nehme dein Opfer an, Werner Rutland, meines Kindes wegen.«

Werner atmete tief auf. So leicht, wie er sich den Anschein gab, war ihm dies Anerbieten nicht geworden. Er war sich bewußt, etwas auf sich genommen zu haben, das ihm vielleicht eines Tages schwer zu tragen geben würde. Aber was lag jetzt daran, wie er sich in Zukunft mit seiner so seltsamen Ehe abfinden würde. Die Hauptsache war, daß er dem sterbenden Freund alles zuliebe tat, was in seiner Macht stand. Eine Dankesschuld hatte er abzutragen, und er durfte nicht abwägen, ob es ihm leicht- oder schwerfallen würde. Hatte er sich auch vorgenommen, unverheiratet zu bleiben, weil er glaubte, nie wieder eine Frau lieben zu können, wie er Käthe geliebt hatte, dieser Fall schloß alle Bedenken aus. Nur an Sanna und den Freund wollte er denken, nicht an sich.

Fest und entschlossen hob er das Haupt.

»Willst du jetzt gleich mit Sanna sprechen, Klaus? Ich glaube, sie erfährt es am besten von dir.«

Klaus nickte.

»Ja, ruf sie mir, ich will ihr alles sagen, auch die Wahrheit über meinen Zustand. Und nicht wahr, Werner, bald soll es dann geschehen, wer weiß, meine Stunden sind gezählt.«

»Es soll geschehen, so schnell es möglich ist. Ich lasse dich mit Sanna allein, du wirst die rechten Worte finden. Drüben bei Doktor Lambert warte ich auf deinen Ruf.«

Sie reichten sich noch einmal fest die Hände und sahen sich tief in die Augen. Dann ging Werner schnell hinaus.

Sanna ging draußen mit der Pflegeschwester auf und ab. Als Werner heraustrat, flog sie auf ihn zu. Er sah auf ihre flinken kleinen Füße, die unter dem Saum des weißen Leinenkleides zum Vorschein kamen. Ein eigenartiges, beklemmendes Gefühl legte sich auf seine Brust, als käme sein Schicksal auf ihn zugelaufen.

»Darf ich nun wieder mit hinein zu euch?« fragte Sanna hastig und sah ihn scheu und zaghaft an.

Er blickte nieder auf die kindliche Gestalt. Das schwere lockige Haar war in zwei dicke Flechten gebändigt und fiel über die Schultern und die zarte Büste herab. Um die weiße Stirn und die rosigen Ohren ringelten sich widerspenstige kastanienbraune Locken. Ihre schlanken, schöngeformten Hände, die leicht gebräunt waren und noch nie Handschuhe getragen hatten, streiften unruhig und hastig an den Flechten auf und nieder, und ihre dunklen Augen, in denen goldene Lichter wie gefangene Sonnenstrahlen schimmerten, sahen halb scheu, halb zutraulich zu ihm auf. Er mußte in diesem Augenblick daran denken, daß Sanna in einigen Jahren eine sehr schöne junge Frau sein würde. Seit er sie nicht gesehen hatte, war sie größer geworden, und ihre Züge hatten ein wenig die kindliche Rundung verloren. Wie würde sie ihm in abermals zwei Jahren entgegentreten? Ihr Gesicht hatte schon jetzt einen eigenen, fremdartigen Reiz, und wenn sie lächelte, strahlte es einen hinreißenden Zauber aus.

Werner strich ihr sinnend das Haar aus der Stirn, ein weicher Ausdruck lag in seinen Augen.

»Sollst zum Vater kommen, kleine Sanna!«

Sie faßte seine Hand.

»Und du, Onkel Werner?«

»Ich möchte Doktor Lambert einen Besuch abstatten und ihn fragen, wo ich ein Obdach finde.

Sie blickte zu Boden, und ihr Gesicht wurde blaß und ernst.

»Und du willst Doktor Lambert wohl fragen, ob Vater bald wieder gesund wird?«

»Auch das, Sanna.«

Da legte sie die Hände fest verschränkt aufs Herz.

»Vater ist viel kränker, als du glaubst, er weiß es nur nicht«, sagte sie in gebrochenem Ton.

Er legte wie schützend den Arm um sie.

»Wie kommst du darauf, Kind?«

Sie stieß einen zitternden Seufzer aus.

»Ich fühle es — schon lange, lange. Wenn wir nur erst nach Deutschland reisen könnten — hier wird er nie ganz gesund. Die Sehnsucht nach der Heimat zehrt an ihm.«

»Und du, Sanna — gehst du gern mit nach Deutschland?«

Sie nickte.

»Ich sehne mich dorthin — wie mein Vater. Es ist ja die Heimat meiner Eltern, und die deine. Alle guten Menschen kommen von dort, auch Schwester Agathe und Doktor Lambert. Es sind wohl nur gute Menschen dort?«

Er lächelte.

»Alle sind wohl nicht gut, Kind.«

»Aber doch nicht so böse wie die scheußlichen Männer,

die dich töten wollten und dann meinen lieben, armen Vater verwundet haben.« Sie schauerte zusammen und schob mit geschlossenen Augen wie abwehrend die Hände von sich.

Er führte sie ins Haus.

»Nicht daran denken, Sanna! Wir gehen nun bald nach Deutschland.«

Sie blickte erwartungsvoll zu ihm auf.

»Du gehst mit uns, nicht wahr?«

»Ja, ich führe dich in meine Heimat, in ein gemütliches, altes Haus mit einem großen, schönen Garten.«

Sie warf plötzlich die Zöpfe zurück und preßte die Hände an die Schläfen.

»In dein Haus — in deine Heimat — da dürfen wir bleiben?«

»Ja, Sanna — immerdar!«

Sie sah ihn an, dunkle Röte wich jäher Blässe. Ein zitternder Atemzug kam aus ihrer Brust, und dann lief sie plötzlich davon, ohne noch ein Wort zu sagen.

Werner sah ihr nach. Welch ein seltsames Gebaren! Und welch ein sonderbarer Ausdruck hatte in den Gazellenaugen gelegen! So ein heißes Freuen, ein unterdrückter Jubel. Und zuvor der tiefe Schmerz um den Vater. Wahrlich, eine reiche Empfindungsfähigkeit lag in dieser Kinderseele. Aber — war sie denn noch ein Kind? Daheim die jungen Mädchen hatten in ihrem Alter schon allerlei kleine Liebeleien und Herzensabenteuer; sie hatte sich in der Weltabgeschiedenheit ihren kindlichen Sinn bewahrt. Wie würde sie des Vaters Mitteilung aufnehmen? Nachdenklich suchte er Doktor Lambert auf, der ihm schon voll Neugier entgegenkam.

Sanna war neben dem Bett des Vaters in die Knie gestürzt. »Vater, lieber Vater — er geht mit uns nach Deutschland, Onkel Werner! In seinem Haus sollen wir wohnen, immerdar bei ihm bleiben!« stieß sie atemlos vor Glückseligkeit hervor.

Er streichelte ihr Haar und sah forschend in ihr glühendes Gesicht. »Freust du dich so sehr darauf?«

Sie nickte mit strahlenden Augen. »Sehr — ach so sehr. Du doch auch, Vater, nicht wahr? Wir haben ihn doch so lieb. Ach, wird das eine herrliche Reise werden. Wenn du nur erst gesund wärst — wenigstens so weit, daß wir reisen können.«

Er zog sie ganz nahe an sich heran. »Und wenn ich nie mehr gesund würde, mein Herzkind, wenn ich hierbleiben müßte — würdest du mit Werner Rutland allein gehen wollen?«

Sie fuhr erschrocken auf.

»Vater, lieber Vater — so darfst du nicht zu mir sprechen! Ich werde dich doch nicht allein lassen — nie!«

Noch näher zog er sie an sich.

»Ich muß so zu dir sprechen, mein Liebling. Sieh, der Arzt hat mir gesagt — auf meinen dringenden Wunsch —, daß ich es gar nicht wagen darf, nach Deutschland zurückzukehren — nie. Aber Werner will dich mit sich nehmen.«

Ein hilflos banger Ausdruck, ein dämmerndes Entsetzen lag in ihren Augen.

»Ohne dich doch nicht, mein geliebter Vater, doch nicht ohne dich?«

»Doch, Kind — ohne mich. Hör mich an, Liebling — und sei mein tapferes, starkes Kind, hörst du? Sieh, ich bin so müde vom Leben — so müde. Ich möchte schlafen. Meine kranke Brust tut mir so weh. Gelt, du würdest es mir gönnen, daß ich Ruhe fände, daß die Schmerzen aufhörten?«

Sanna wurde leichenblaß, und ihre Augen sahen ihn bang und erschrocken an.

»Vater — mein lieber, lieber Vater, so sehr leidest du?«

Und dann warf sie sich plötzlich über ihn und umklammerte ihn mit beiden Händen.

»Vater, das tust du mir nicht an — laß mich nicht allein!« rief sie in höchster Seelennot.

Er streichelte ihr Köpfchen.

»Mein armes, liebes Kind, es tut weh — ich weiß es. Man möchte sein Liebstes mit tausend Armen halten. So ging es mir mit deiner Mutter. Ich hatte sie so lieb — und siehst du, sie hält mich noch über das Grab hinaus. Laß mich neben ihr ruhen, da liegen wir friedlich und träumen dann von der Heimat — wo unser Kind sein wird. Herzkind, ich könnte meine Augen so friedlich schließen, wenn du tapfer sein wolltest. Werner will dich mit in die Heimat nehmen — du sollst in seinem Haus leben —, natürlich erst, wenn ich nicht mehr am Leben bin. Und damit er dich so recht treu und gut schützen und hüten kann, sollst du seine Frau werden.«

Sanna fuhr empor und starrte ihn verwirrt an.

»Seine Frau — ich?«

»Ja, ja — erschrick nicht darüber. Sieh, in Deutschland gibt es andere Gesetze und Rechte als hier. Da wohnen so viele Menschen zusammen, und wenn zwei immer beieinander bleiben wollen, ein Mann und eine Frau, so müssen sie vor dem Gesetz ein Ehepaar werden. Dann darf sie niemand trennen. Begreifst du das?«

Sie nickte stumm, aber die hilflose Unruhe wich nicht von ihren Zügen.

»Nun, Kind, könntest du dich entschließen, Werners Frau zu werden? Es wäre mir ein so inniger Trost. Ganz leicht würde mir das Sterben, wüßte ich dich in Werners treuer Hut!«

Zitternd lag Sanna am Herzen des Vaters. Sie faßte es nicht, was man von ihr forderte, was auf sie einstürmte. Es ging auch alles unter in dieser Stunde vor dem furchtbaren Gedanken, daß sie den geliebten Vater verlieren sollte. Und sie wußte, sie würde ihn verlieren. Heimlich war ja schon zuweilen die Angst an sie herangekrochen, aber sie hatte sie entsetzt von sich gewiesen. Und nun wußte sie es — der Vater war todkrank, und sie würde ihn verlieren! Tapfer sollte sie sein, ihm den Frieden gönnen. Wie schwer das war, wie furchtbar schwer! Und was sollte sie noch? Werner Rutlands Frau werden, seine Frau? Wie seltsam das war, wie sie das berührte. Es war gar nicht, als gelte das ihr, sondern einer anderen, einer Fremden. Sie konnte sich da nicht hineindenken. Es erschien ihr auch gar nicht von großer Wichtigkeit. Daß sie den Vater hergeben sollte, erfüllte sie so sehr mit Trauer und Schmerz, daß alles andere klein und nichtig dagegen erschien.

»Nun, Sanna, wirst du mein tapferes, starkes Kind sein, wirst du mir Ruhe und Frieden geben und Werner Rutlands Frau werden?« fragte Folkhard nach einer Weile, ohne sie aus seinen Armen zu lassen.

Noch eine kurze Zeit lag sie still und reglos, wie eine Tote, an seinem Herzen. Dann richtete sie sich auf und küßte ihn.

»Mein lieber, lieber Vater!« Aber da ward er wieder von seiner qualvollen Atemnot befallen, und seine Augen hingen in verzehrender Angst an ihr.

Sie raffte sich auf und nahm allen Mut zusammen. Liebevoll stützte sie ihn und streichelte ihm das ergraute Haar aus der von Angstschweiß bedeckten Stirn.

»Ich will alles tun, was dir Ruhe und Frieden gibt, mein teurer, lieber Vater, auch stark und mutig will ich sein«, sagte sie leise, mit blassen Lippen. Er sah zu ihr auf, die furchtbare Qual in seinen Augen erlosch. Er sank ermattet zurück und faßte ihre Hände.

Dann kamen Tage, die wie ein dumpfer Traum an Sanna vorüberglitten. Sie kam gar nicht recht zum Bewußtsein dessen, was mit ihr geschah.

Was Werner Rutland zu ihr und dem Vater sagte, als man ihn rief, war ihr kaum im Gedächtnis geblieben. Nur eine Empfindung hatte sie in dieser Zeit: dem Vater jeden Wunsch zu erfüllen, solange er noch am Leben war.

Als sie dann nach Tagen traumhafter Unruhe am Krankenbett des Vaters von einem deutschen Priester mit Werner Rutland vermählt wurde, da kam ihr nur flüchtig der Gedanke, daß damit ihr Leben in andere Bahnen gelenkt wurde. Was eine Ehe war, welche Rechte und Pflichten sie mit dieser Verbindung auf sich nahm, das faßte ihr kindlicher Sinn nicht. Auch in dieser Trauung sah sie nur eine Handlung, die dem sterbenden Vater Ruhe und Frieden brachte und ihm glückliche Stunden bereitete.

Doktor Lambert und der Agent, der Folkhards Farm verkauft hatte, waren die Trauzeugen. Außer ihnen war nur noch Schwester Agathe bei der heiligen Handlung zugegen. Alle waren tief ergriffen beim Anblick der kindlichen Braut und des todkranken Vaters. Der dicke, gutmütige Doktor Lambert stöhnte vor Rührung, als ob es ihm selbst ans Leben ginge, und Schwester Agathe blickte mit ihren stillen, ernsten Augen, in denen ein Schicksal lag, mitleidig in Sannas hilfloses, banges Gesicht.

Als auch nach der Trauung Sanna »Onkel Werner« zu ihrem Gatten sagte, flog ein Lächeln über all die ernsten Mienen. Werner legte liebevoll schützend den Arm um seine junge Frau und sagte lächelnd:

»Jetzt mußt du den ›Onkel‹ streichen, Sanna, jetzt bin ich nur noch dein Werner.«

Da flog eine jähe Röte über ihr blasses Gesicht, und sie trat schnell von ihm fort an das Bett des Vaters.

Noch sieben Tage vergingen, ehe Klaus Folkhard ausgelitten hatte. Während dieser Zeit wich das junge Ehepaar kaum noch von dem Bett des Kranken. In der Dämmerung des siebenten Tages entschlief Klaus still und friedlich, die Hände des jungen Paares in den seinen haltend. Sein letzter Blick war ein heißer Segenswunsch für die beiden Menschen.

Sanna hatte das Ende kommen sehen. Man hatte ihr nichts mehr verheimlicht. Tapfer hielt sie sich aufrecht, bis sein brechendes Auge von Werner geschlossen worden war. Dann brach sie ohne einen Laut bewußtlos zusammen, als sei nun mit einem Mal alle Kraft von ihr gewichen.

Tagelang lag sie in dumpfer Gleichgültigkeit, von Schwester Agathe liebreich gepflegt. Währenddessen ließ Werner Rutland die Leiche seines Freundes nach dessen Farm zurückbringen. Wie es der Tote gewünscht hatte, wurde er neben seiner Frau bestattet, unweit der Stelle, wo ihn das tödliche Blei damals getroffen hatte. Werner hatte ihm das Geleit gegeben, und als er wieder nach Swakopmund zurückkehrte, brachte er Sanna ein Sträußchen Blumen mit von der Eltern Gräber, die der neue Farmer pflegen und immer mit frischen Blumen schmücken wollte.

Sanna hatte sich inzwischen erholt, und Werner belegte Plätze auf einem Dampfer, der zwei Tage später abging. Es traf sich gut, daß Schwester Agathe zur selben Zeit einen längeren Urlaub in die Heimat antrat. Sie wollte ihre verheiratete Schwester in Berlin besuchen. Auf Werners Bitte schloß sie sich ihnen an. Sie konnte es dem jungen Paar, dessen Erleben sie ja kannte, sehr gut nachfühlen, daß ihnen an ihrer Gesellschaft viel gelegen war, denn ein Alleinsein mußte ihnen peinlich sein in der seltsamen, ungewohnten Lage. Mit feinem Takt nahm sich die Schwester der jungen Frau auf der Reise an.

Natürlich erregten diese drei Menschen bei allen Mitfahrenden brennende Neugierde. Die kindliche junge Frau mit den schwarzen Kleidern und dem traurigen, blassen Gesicht, der sie mit großer Zartheit und Sorgfalt behandelnde Mann mit den kühnen, ernsten Zügen — dazu Schwester Agathe in ihrer stillen Freundlichkeit —, man zerbrach sich allseitig den Kopf über ihre Zusammengehörigkeit.

Der Kapitän wurde um Auskunft bestürmt, er konnte jedoch nicht viel berichten.

Auf einer so langen Seereise, wo man wochenlang auf die Gesellschaft seiner Mitreisenden angewiesen ist, hat man viel Zeit, sich mit denselben zu befassen. Mit warmer Teilnahme von einer Seite, mit lästiger Neugier von der anderen betrachtete die Schiffsgesellschaft die junge Frau, wenn sie mit großen, traurigen Augen auf das Meer hinausstarrte. Erst hielt man sie für krank, weil die Schwester in ihrer Begleitung war. Dann aber hatte eine der Damen von der Aufwärterin erfahren, daß sie um den kürzlich verstorbenen Vater trauerte, den die Schwester bis zum Tode gepflegt hatte. Ein wenig wußte man nun Bescheid, und das Kreuzfeuer neugieriger Blicke ließ nach. Sanna und Werner lebten so zurückgezogen, wie es möglich war.

Am liebsten saß die junge Frau in einem bequemen Sessel auf Deck und blickte träumerisch über das Meer. Es war während der ganzen Fahrt günstiges Wetter und ruhige See. Legte das Schiff in einem Hafen an, dann versuchte Werner, Sanna zu bewegen, mit ihm einen Ausflug an Land zu machen. Er wollte sie zerstreuen und ablenken. Aber sie bat ihn, davon abzulassen. Ihre Scheu vor den Menschen, vor dem unruhigen Hasten und Treiben war zu groß. So mußte er sich begnügen, sie in Ruhe zu lassen.

Er versorgte sie mit Büchern und Näschereien, brachte ihr Blumen und Früchte, legte ihr sorglich etwas Wärmendes um, wenn es kühl wurde, und las ihr zuweilen vor. Im Verein mit Schwester Agathe suchte er sie immer wieder von neuem in eine Unterhaltung zu verstricken, um sie von ihren traurigen Gedanken abzulenken.

Sanna lächelte ihm scheu und dankbar zu, wenn er sich so treu um sie mühte, und faßte seine Hände.

»Du bist so gut, Werner, so überaus gut, ich bin dir so dankbar!« sagte sie oft.

Dann schüttelte er lächelnd den Kopf. »Brauchst mir nicht zu danken, Sanna, es macht mir Freude, dir etwas zuliebe zu tun«, entgegnete er ihr eines Tages.

Da wurde sie glühendrot und sah von ihm fort in die sinkende Sonne.

Werner befand sich in einem seltsamen Zustand. Auch ihm waren die letzten Wochen wie etwas Unwirkliches vergangen. Solange Klaus noch lebte, nahm dieser all seine Zeit und Gedanken in Anspruch. Seit er sich aber nun mit Sanna auf dem Dampfer befand und er sich um sie mühte und sorgte, übte das sonderbare Verhältnis eine eigentümliche Wirkung auf ihn aus. Sie erschien ihm in diesen letzten Wochen so viel älter und gereifter geworden zu sein. Mit einem Mal sah er nicht mehr das Kind in ihr. Vielleicht trugen die langen schwarzen Kleider dazu bei.

Zuweilen ertappte er sich dabei, daß er in ihren Zügen forschte, wie sie wohl über die Verbindung mit ihm dachte. War sie sich bewußt, welche Gemeinschaft jetzt zwischen ihnen bestand? Hatte sie wohl eine Ahnung, wenn auch nur eine unklare, welche Rechte und Pflichten sie übernommen hatte, in kindlicher Unschuld — nur um den Vater zu beruhigen.

Es reizte ihn doch zuweilen, einen Blick in ihre Seele zu tun, und er beschäftigte sich innerlich viel mehr mit ihr, als er es vor kurzem noch für möglich gehalten hatte.

Wenn er ihr gegenübersaß und sie betrachtete, dann malte er sich aus, wie sie sich wohl in zwei Jahren entwickelt haben würde. In ihrem Alter konnte ein Jahr Wunderdinge verrichten. Wie würde sie sich dann zu ihm stellen, wenn er von seiner Reise zurückkehrte, wenn er sie fragte: »Willst du bei mir bleiben, oder soll ich dir deine Freiheit wiedergeben?« Ein wenig unruhig wurde ihm doch zumute. Er, der Wissende, stand ihrer Unwissenheit gegenüber, und das Wissen nahm ihm die Unbefangenheit.

Diese Unruhe steigerte sich, als er merkte, daß Sanna ihm gegenüber immer befangener wurde. In ihren Augen lag ein fragender, banger Ausdruck, der ihm verriet, daß auch ihre Seele in einen Zwiespalt geriet, daß sie sich allerlei Gedanken machte.

Eines Tages stand Sanna an der Reling und blickte, den Kopf in die Hand gestützt, über Bord. Schwester Agathe war leicht seekrank geworden und lag in ihrer Kabine.

Werner trat zu Sanna. Sie waren allein, kein Mensch in ihrer Nähe.

Wie er so von der Seite in ihr süßes, trauriges Gesicht blickte, überkam ihn stärker als sonst der Wunsch, ihr etwas zuliebe zu tun, ihr zu zeigen, wie teuer sie ihm war als ein liebes Vermächtnis.

»Ist das nicht schön, Sanna?« fragte er, auf die leicht bewegte See deutend.

Sie nickte, ohne sich umzusehen.

»Wunderschön — man möchte den Blick gar nicht abwenden.«

»Aber mich könntest du doch einmal ansehen«, bat er weich.

Da sah er, wie ihr das Blut in das Gesicht schoß und wie ein unruhiger Ausdruck auf ihren Zügen erschien.

Sie wandte das Gesicht nicht zu ihm.

Da legte er plötzlich seinen Arm fest um ihre schlanke Gestalt.

»Sanna!«

Sie zuckte zusammen in jähem Schreck und trat, sich losreißend, schnell von ihm fort. Auf ihrem Gesicht lag ein Ausdruck, den er nie wieder vergessen konnte und der ihm verriet, daß sie sich des sonderbaren Verhältnisses zwischen ihnen bewußt geworden war. Ein inniges Mitleid nahm ihn gefangen, er schämte sich, mit seinem unruhigen Forschen dem Geheimnis ihrer erwachenden Seele nachzuspüren, und zugleich kam eine Angst über ihn, ihr Vertrauen zu verlieren. Die eigene Ruhe und Unbefangenheit hatte er verloren — er wollte nicht auch die ihre erschüttern durch voreiliges Forschen.

Um jeden Preis mußte er den beunruhigenden Eindruck zu verwischen suchen und sich harmlos geben, damit sie ihre Unbefangenheit wiederfand. Das konnte nur dadurch geschehen, daß er jetzt zwischen ihnen ein geschwisterliches Verhältnis betonte.

Ohne ihr zu folgen, blickte er scheinbar unbefangen auf die See hinaus.

»Willst du nicht mehr hierbleiben, kleine Sanna? Ist es dir zu kühl, soll ich dir ein Tuch holen?«

Das Herz klopfte ihm, als er merkte, daß sie zögernd wieder näher kam. Sie schien sich ihres Schrecks zu schämen. Er wandte ihr nun sein Gesicht zu.

»Oh — am Ende habe ich dich erschreckt, als ich so schnell zu dir trat?«

Sie nickte, ohne ihn anzusehen.

Er legte seine Hand auf ihren Arm.

»Aber, kleine Sanna, vor deinem alten Onkel Werner brauchst du doch nicht zu erschrecken. Gelt, wir zwei wissen doch, wie wir zueinander stehen. Und nicht wahr, du hast mir dein Vertrauen nicht entzogen, wenn du mich auch nicht mehr ›Onkel‹ nennen darfst? Im Grunde ist es doch dasselbe. Ich habe dich so herzlich lieb, wie es dein lieber Vater getan hat. Vergiß nie, daß ich alles daransetzen will, dich so recht froh und zufrieden zu machen, dir alles Quälende und Störende fernzuhalten. Denke doch immer daran, was dein Vater wohl fühlen würde, sähe er dich so traurig und bedrückt. Und tu es auch mir zuliebe. Muß ich mir nicht sagen, ich erfülle mein Versprechen schlecht, dich vor allem Leid zu schützen, wenn du gar nicht wieder froh werden willst? Ich trauere doch ebenfalls ehrlich und tief um deinen Vater. Sein Tod lastet auf mir schwer genug, starb er doch für mich. Ich finde gar keine Ruhe, solange du nicht wieder die alte bist, wie damals auf der Farm, als der Vater sich noch besser fühlte. Sei wieder mein liebes, kleines

Schwesterchen, wir tragen unsere Trauer gemeinsam und helfen einander — ja? Gib mir die Hand darauf!«

Sie war immer näher gekommen und legte nun mit einem tiefen Atemzug ihre Hand in die seine. Ein befreites Lächeln lag auf ihrem Gesicht, als sei ihr eine unbestimmte Sorge abgenommen worden.

Er hielt ihre Hand fest und nickte ihr zu.

»Nicht wahr, du vertraust mir, kleine Sanna, als ob ich dein Vater wäre?«

»Du bist gut, habe nur ein wenig Geduld mit mir. Alles ist mir so neu und fremd«, sagte sie leise.

»Aber ich bin dir doch der alte geblieben, Sanna!«

Sie strich sich das Haar aus der Stirn und sah ihn an in prüfender Scheu. Aber da er ihren Blick heiter und unbefangen erwiderte, lächelte sie und sagte: »Manchmal bist du es, und manchmal ist mir, als wäre etwas Neues an dir.«

»Das macht die neue Umgebung, Kind, daran wirst du dich gewöhnen.«

»Meinst du?«

»Ganz sicher. Sei nur nicht ängstlich. Immer tapfer und unverzagt. Und vergiß nie, daß ich dein Schutz und Hort bin. Folgst du mir gern in meine Heimat?«

»Ja, sehr gern. Freilich, wäre Vater noch bei uns, dann ginge ich noch viel lieber mit dir.«

»Er ist bei uns, Sanna, wir tragen ihn im Herzen mit uns, und so kommt er doch noch in die alte Heimat zurück.«

Sie schob nun ganz zutraulich ihre Hand in seinen Arm, und ihre Augen leuchteten.

»Das war ein gutes Wort, daran will ich immer denken.«

Er erzählte ihr nun von zu Hause, von seinen Freunden und von Tante Phine.

»Weißt du, Sanna, mit Tante Phine mußt du ein bißchen

Nachsicht haben, mußt ihre Eigenheiten in Kauf nehmen. Sie hat seit langen Jahren als Hausfrau geschaltet und hat sich das Regieren angewöhnt. Mußt sie nicht ernst nehmen. Tu, als ob du ihre Meinungen gelten ließest. Sobald du sie nur mit der nötigen Achtung behandelst, wird sie es dir an Behaglichkeit und Pflege nicht fehlen lassen. Du bist natürlich die Herrin in meinem Haus, aber Tante Phine muß sich erst langsam an den Gedanken gewöhnen, daß sie nicht mehr die Erste im Hause ist. Nimm sie ein wenig mit Humor, wie ich es tue, dann ist sie unschädlich. Und ich muß doch die Beruhigung mit mir nehmen, daß ihr beide in Frieden lebt, wenn ich wieder abreise.«

Sie sah betroffen auf.

»Wenn du wieder abreist? Du willst wieder fort, schon bald?« fragte sie hastig.

»Ja, Kind, sobald ich dich gut untergebracht habe und im Schutze meines Hauses und meiner Freunde weiß«, antwortete er, sie scharf beobachtend.

Die Farbe wechselte schnell in ihrem Gesicht. Er kannte schon dieses Zeichen innerer Erregung an ihr. Es schien ihm, als atme sie erleichert auf.

»Wirst du lange fortbleiben?«

»Zwei Jahre.«

Nun legte sich wieder ein Schatten auf ihre Züge.

»So lange!«

»Möchtest du, daß ich lieber bei dir bleibe?« fragte er gespannt.

Sie schüttelte den Kopf.

»Du sollst dich durch mich nicht in deinen Plänen stören lassen, ich weiß, du willst neue Erforschungen durchführen, nicht wahr?«

»Ja, so ist es. Aber, wenn ich bei dir bleiben soll . . .«

»Nein, nein«, entgegnete sie schnell, »ich habe nur ein wenig Angst vor den vielen fremden Menschen, vor Tante Phine an erster Stelle.«

Er lachte.

»Du sollst dich vor nichts und vor niemandem fürchten, Sanna. Auch wenn ich fort bin, werde ich meine Hand schützend über dich halten. Und Angst vor Tante Phine — ach, die laß nur gar nicht erst aufkommen. Du bist die Herrin, und was du willst, soll geschehen. Nur zu deiner Pflege und zu deinem Behagen soll sie vorläufig den Haushalt noch führen, bis du das selbst kannst. An Zerstreuungen und Vergnügen soll es dir ebenfalls nicht fehlen. Theater und Konzerte kannst du unter Tante Phines Schutz besuchen, oder vielleicht schließt du dich lieber Käthe Verhagen an. Sie wird dir gut gefallen und eine angenehmere Gesellschafterin sein als Tante Phine. Und in unserem schönen, großen Garten wird es dir gefallen. Dort kannst du dich tummeln und wirst das freie Umherstreifen auf der Farm nicht zu sehr entbehren. Überhaupt, alles soll geschehen, was dir das Leben lieb und angenehm machen kann. Und du wirst mir fleißig schreiben, ja?«

Ihre Augen blitzten lebhaft.

»Ja, o ja, ich schreibe dir gern, und du, wirst du mir immer antworten, werde ich immer wissen, wo du bist?«

»Das sollst du gewiß, ich gebe dir immer Nachricht.«

Dieser Gedanke schien ihr Freude zu machen, sie sah froher und angeregter aus als die ganze Zeit.

Jedenfalls hatte Werners besonnenes Verhalten den gewünschten Erfolg. Sanna wurde wieder zutraulicher und unbefangener im Verkehr mit ihm. Sie lebte sichtlich auf und wandte ihrer Umgebung mehr Aufmerksamkeit zu.

Von diesem Tage an schloß sie sich auch nicht mehr so

ängstlich gegen ihre Mitreisenden ab. Das Leben und Treiben auf dem Dampfer fing an, einen gewissen Zauber auf sie auszuüben. Werner und Schwester Agathe halfen ihr treulich bei diesem ersten, gleichsam tastenden Schritt in das neue Leben.

Werner freute sich herzlich, daß Sanna aus ihrer stummen Teilnahmslosigkeit erwachte. Sie nahmen nun auch an den gemeinsamen Mahlzeiten teil, während sie bisher allein gespeist hatten. Man kam dem jungen Ehepaar mit großer Freundlichkeit entgegen. Die Damen fanden Sanna reizend und Werner geistreich und unterhaltend, und die Herren wetteiferten in Artigkeiten gegen die »entzückende junge Frau«, deren eigenartige Ausdrucksweise und kindliche Drolligkeit so quellfrisch und ungekünstelt wirkten, daß man sich bald nicht genugtun konnte, sie zu verwöhnen. Es klang aber auch zu lieb, wenn sie, alle Sprachen durcheinandermischend, ihre Einfälle kundtat, Fragen stellte, die ihre Unberührtheit bekundeten, und Antworten gab, die gleichzeitig von großer Gedankentiefe und erstaunlicher Weltfremdheit zeugten.

Werner beobachtete Sanna unbemerkt im Umgang mit all diesen verschiedenartigen Menschen und freute sich, wie sie sich leicht und anmutig in die neue Rolle fand.

So verlief die Reise besser, als er nach den ersten Tagen zu hoffen gewagt hatte.

IV.

Fräulein Seraphine Münzer hatte es sich nach Werner Rutlands Abreise so recht gemütlich und behaglich in dem alten schönen Patrizierhaus gemacht. Sie fühlte sich so uneingeschränkt als Herrin, daß sie gar nicht daran dachte, es könne eines Tages wieder anders werden.

Vor allen Dingen hatte sie für sich die Zimmer der verstorbenen Herrin des Hauses mit Beschlag belegt, die zu Lebzeiten Johann Rutlands verschlossen geblieben waren. Es waren die schönsten Zimmer des Hauses im ersten Stock. Im Erdgeschoß waren nur Gesellschafts- und Speisezimmer. Die Wohn- und Schlafräume Johann Rutlands und seiner Frau, ebenso einige Zimmer für Werner befanden sich im ersten Stock. Seraphine hatte bisher ihre Zimmer im zweiten Stock bewohnt. Da sich aber da oben nur noch Zimmer für die Dienstboten und allerlei Wirtschaftsräume befanden, war es Fräulein Seraphine schon lang ein Dorn im Auge gewesen, daß man sie im zweiten Stock untergebracht hatte. Wozu sollten die schönen Zimmer im ersten Stock mit den wundervollen alten Möbeln leerstehen? Johann Rutland ruhte draußen auf dem Friedhof bei seiner Frau, und Werner war für lange, vielleicht — »man konnte nicht wissen« — für immer in die weite Welt gegangen. Da wäre es doch töricht gewesen, wenn sie, Fräulein Seraphine Münzer, die Bescheidenheit so weit getrieben hätte, weiter »da oben« bei den Dienstboten wohnen zu bleiben. Fromme Rücksicht ist eine schöne Sache, solange sie einen Zweck hat, aber jetzt hatte sie keinen Zweck mehr, es konnte niemandes Gefühl verletzen, wenn sich die »stellvertretende Herrin des Hauses« in den Zimmern der ehemaligen wirklichen Herrin breitmachte. Und so machte sich Tante Phine breit, sehr breit sogar, trotz ihrer hageren Gestalt und ihrer spitzen Nase. Alle Zimmer der verstorbenen Herrin nahm sie in Beschlag.

Werner hatte ihr, obwohl ihr Johann Rutland ein ansehnliches Jahrgeld ausgesetzt hatte, einen bedeutenden Zuschuß bewilligt, damit Haus, Hof und Garten und die Dienerschaft zu ihrem Recht kamen. Seraphine lebte vollständig auf Werners Kosten und konnte ihr Jahrgeld sparen. Sie fühlte sich aber nun auch ganz als reiche Patrizierin, und wenn sie ihre Kränzchenschwestern bei sich sah, dann waren für den Abend auch immer deren Männer gebeten, und Seraphine spielte auf Werners Kosten und mit seinen Weinkellerschlüsseln die gastfreudige Wirtin. Auch sonst sah sie gern und viel Gesellschaft bei sich und prunkte gehörig mit den Silberschätzen des Hauses, mit den feinen alten Damasten und dem kostbaren Porzellan.

Warum sollten diese Schätze auch ungewürdigt von Motten und Rost zerfressen werden? Tante Phine fühlte sich verantwortlich für den Glanz des Hauses Rutland und war sich bewußt, seine würdige Vertreterin zu sein. Oft dachte sie zufrieden, wie gut es doch war, daß Werner Rutland nicht »diese Käthe Raven« geheiratet hatte. Ein rechter Segen, daß die nun Käthe Verhagen hieß und unschädlich war, im geheimsten Schrein ihres Herzens dankte sie es ihr, daß sie nicht Werners Frau geworden war und daß sie ihm den Geschmack am Heiraten, »hoffentlich für immer«, genommen hatte. Wenn er wirklich nach einigen Jahren wiederkäme, dann würde er sich wie ein echter Bücherwurm mit seinem Reisewerk befassen und sie nach Belieben schalten und walten lassen. Heiraten würde der ganz sicher nicht mehr.

Tante Phine war sehr zufrieden mit dem Stand der Dinge und ließ sich die Schleppen an ihren »Prachtgewändern« noch ein Stück länger machen, damit sie recht königlich einherrauschte.

Mitten in diese Behaglichkeit schlug plötzlich ein Eilbrief Werner Rutlands wie eine vernichtende Bombe ein. Dieser Brief war in Bremerhaven zur Post gegeben worden und wirkte auf Tante Phine wie ein eisiges Sturzbad. Er lautete:

»Liebe Tante Seraphine! Wie Dir der Poststempel dieses Briefes schon verrät, bin ich nach Deutschland zurückgekehrt, schneller wohl, als Du vermutet hast. Sehr erstaunt wirst Du sein, wenn ich Dir sage, daß ich nicht allein zurückkomme, sondern mit meiner jungen Frau.«

Hier sank Tante Phine erst einmal entgeistert in ihren Sessel zurück. Ihre fahle, blasse Hautfarbe bekam entschieden einen grünlichen Anstrich, und ihre kalten, etwas vorstehenden Augen drohten aus dem Kopfe zu springen. Nachdem sie mit Hilfe von englischem Riechsalz und kaltem Wasser notdürftig ihre Lebensgeister wiedererweckt hatte, nahm sie den Brief erneut auf und las ächzend und stöhnend, sich in ohnmächtigem Groll verzehrend, weiter:

»Ich habe mich am 10. Mai in Swakopmund mit Fräulein Susanne Folkhard vermählt. Du wirst Dich wundern, daß ich mich so schnell entschlossen habe zu dieser Heirat. Die Gründe teile ich Dir mündlich mit. Heute nur so viel: Ich reise jetzt mit meiner jungen Frau noch auf einige Tage nach Berlin, wo wir allerhand Einkäufe zu erledigen haben. Nächsten Sonnabend treffen wir dann in Danzig ein, und ich bitte Dich, mit Deinem bewährten Geschick alles zum Empfang meiner jungen Frau vorzubereiten.

Sie soll die Zimmer bewohnen, die Tante Anna bewohnt hat, und die den jeweiligen Herrinnen des Hauses Rutland zukommen. Sie sind ja, wie es bei Deiner tadellosen Führung des Haushaltes selbstverständlich ist, in bester Ordnung, und Du wirst nur zu lüften und für hübschen Blumenschmuck zu sorgen haben. Ich selbst bewohne meine alten Zimmer wie sonst.

Weiter habe ich heute nichts zu bemerken. Alles andere mündlich. Meine junge Frau läßt sich Dir mit herzlichen Grüßen empfehlen, wie ich selbst es auch tue. Dein Werner.«

Das war ja unglaublich, völlig unglaublich! Werner Rutland, den sie »wohlbesorgt und aufgehoben« bei den »Wilden« wähnte, war auf dem Weg nach Hause, und nicht nur allein, sondern mit seiner Frau. Und der Himmel stürzte nicht ein über der unerhörten Tatsache, daß es nun wieder eine wirkliche Herrin im Hause Rutland geben würde, daß sie selbst, Seraphine Münzer, in das Schattendasein einer entthronten Königin untertauchen mußte? Sie sah sich mit einem glanzlosen Blick um in dem Zimmer, in dem sie sich so siegesgewiß eingenistet hatte. Diese Zimmer sollte sie nun wieder räumen, zur heimlichen Schadenfreude der Dienstboten natürlich, um sie der jungen Frau Werner Rutlands zu überlassen.

Wie kam er denn überhaupt dazu, zu heiraten, noch dazu, ohne ihr vorher Mitteilung davon zu machen? Man konnte ja auf der Stelle vor Schreck über diese unerhörte Neuigkeit tot umfallen. So sicher hatte sie ihn da unten gewähnt vor allen heiratslustigen Jungfern und Witwen. Brachte er etwa eine Wilde in das stolze Haus seiner Vorfahren? Nach dieser Nachricht war ja überhaupt nichts mehr unmöglich. Wie mußte er nur zu dieser Frau gekommen sein? Ja, hatte er denn schon so ganz und gar Käthe Verhagen vergessen, die er doch so maßlos geliebt hatte? O diese Männer, diese Männer! Konnte man sich noch auf einen von ihnen verlassen?

Aber alle Empörung half nichts. Sie sah, nachdem sie eine Weile in ohnmächtigem Zorn gegen diese Heirat gewütet hatte, mit verbissenem Grimm ein, daß sie sich Werners Anordnungen fügen mußte.

In ihrer kleinlichen Seele setzte sich in dieser ihren herrschsüchtigen Charakter so demütigenden Stunde ein an Haß grenzender Groll gegen die künftige Herrin des Hauses Rutland fest. Sanna erwuchs in ihr als eine erbitterte Feindin, noch ehe ihr Fuß die Schwelle des Hauses überschritten hatte. Während Seraphine dann wohl eine Stunde lang grübelnd die Zimmerflucht durchschritt, nahm sie sich fest vor, sich von der jungen Frau nicht von ihrem Posten als Leiterin des Hauswesens verdrängen zu lassen. Sie hatte nicht Lust, jetzt plötzlich bescheiden in den Hintergrund zu treten, nachdem sie jahrelang hier die Alleinherrscherin gewesen war.

Fräulein Seraphine bestimmten nicht nur der Ehrgeiz und die Herrschsucht zu diesem Vorsatz. Sie hatte in all den Jahren ein nettes Sümmchen für sich aus der Haushaltskasse erübrigt. Dieser angenehme Zuschuß sollte ihr nicht verlorengehen, solange sie es verhindern konnte. Wie hätte sie auch sonst ihre kostspieligen Wünsche befriedigen sollen? Sie liebte Schmuck und schöne Kleider. Von ihrer Rente allein konnte sie derartige Ausgaben nicht bestreiten. Alles in allem hatte Seraphine Münzer nun eine Reihe bitterer Stunden zu durchkosten, die sie alle der jungen Frau auf die Rechnung schob.

Die Dienerschaft lächelte schadenfroh hinter der unbeliebten Haustyrannin her, als ihre Sachen wieder in den zweiten Stock geschafft werden mußten. Sie hatte wohl oder übel erklären müssen, daß der Herr des Hauses mit einer jungen Frau zurückkehre und daß diese die Zimmer beziehen würde, die sie räumen mußte.

Neben diesen Bitterkeiten plagte Seraphine eine brennende Neugierde, wie Werners Frau beschaffen sein mochte. Vor allem quälte sie der Gedanke, ob diese sich leicht beherrschen und beiseite schieben lassen oder ob es zu einem erbitterten Kampf kommen würde.

Zu alledem ärgerte sie noch die viele Arbeit. In den wenigen Tagen war natürlich viel zu tun. Seraphine mußte eine geplante Festlichkeit, zu der sie schon Einladungen ausgeschickt hatte, absagen, da diese gerade am Sonnabend hätte stattfinden sollen.

Das Bitterste kam aber noch für die arme Seraphine. Ihre Kränzchenschwestern, voran ihre »beste Freundin«, Frau Geheimrat Papperitz, zu denen das Gerücht von Werner Rutlands Heirat gedrungen war, kamen der Reihe nach herbei, um Seraphine mit süßen Worten Glück zu wünschen und ihr zwischen den Worten mehr oder weniger deutlich zu verstehen zu geben, daß man nun das Ende ihrer Herrlichkeit voraussah. Seraphine Münzer konnte jedoch nicht nur andere beherrschen, sondern auch sich selbst, wenn sie es wollte. Und den mit versteckter Bosheit forschenden Blicken gegenüber wollte sie es.

Sie gab sich den Anschein, als sei sie durchaus nicht überrascht, ja, als sei sie längst in alles durch Werner eingeweiht. Sie heuchelte sogar eine große Freude an dem Ereignis.

Indes, wenn sie auch den Kopf noch so steif im Nacken trug, so fühlte sie sich doch im Innern grenzenlos gedemütigt. Auch diese Bitterkeit schrieb sie auf Sanna Rutlands Schuldbuch. Es waren also nur gehässige, grollende Gefühle, mit denen sie das junge Paar erwartete.

V.

Werner Rutland war mit Sanna in Schwester Agathes Gesellschaft nach Berlin gereist, um Sanna vor allen Dingen erst einmal auszustatten. Er hatte die Schwester gefragt, ob sie die Güte haben wollte, mit seiner Frau die nötigen Einkäufe zu machen.

Schwester Agathe hatte lächelnd geantwortet:

»Vermutlich wäre ich eine sehr schlechte Beraterin in diesen Dingen, Herr Doktor; aber meine Schwester, die mich in Berlin erwartet, ist eine lebenskluge und ich glaube auch feine Weltdame mit gutem Geschmack. Ich will sie bitten, mit uns die Einkäufe zu besorgen.«

»Oh — soll ich wirklich auch noch Ihrer Frau Schwester Dank schuldig werden, wie schon Ihnen in so reichem Maße?«

Schwester Agathe lachte.

»Meiner Schwester können Sie nicht leicht einen größeren Gefallen tun. Wenn sie einkaufen kann, das ist ihre Freude. Da sie mich sicher am Bahnhof erwartet, kann ich Sie miteinander bekannt machen, und wir besprechen dann alles weitere.«

Damit war Werner einverstanden. Auch Sanna war froh, daß sie noch einige Tage mit Schwester Agathe zusammensein konnte. Sie hatten einander liebgewonnen, das scheue, weltfremde Kind und die durch herbes Leid und schwere Herzenserfahrungen gereifte Schwester, die im Dienste der leidenden Menschheit Vergessen suchte für eigene Schmerzen.

In Berlin angekommen, verabredete man mit der fröhlichen, lebenslustigen Schwester der Diakonissin, daß die beiden Damen Sanna am nächsten Morgen abholen würden.

So geschah es denn auch. Werner war froh, daß die beiden Schwestern ihm die Sorge um Sannas Aussteuer abnahmen, und pilgerte währenddessen ziellos durch die Straßen und ergötzte sich an dem großstädtischen Leben und Treiben, dem er so lange ferngeblieben war.

Am Abend leisteten dann Schwester Agathe, ihre Schwester und deren Mann dem jungen Paar beim Abendbrot Gesellschaft. Es kam eine ungezwungene, fröhliche Stimmung auf. Sannas große, erstaunte Augen, ihre drolligen Bemerkungen über das neue, unbekannte Leben und Treiben belustigten die kleine Gesellschaft. Alle bemühten sich eifrig, »die kleine Wilde« aufzuklären und zu belehren. Werner kam erst jetzt so recht zum Bewußtsein, wie entzückend Sannas unberührte Natürlichkeit wirkte. Er mußte sie immer wieder ansehen, und er fand, daß sie mit den geröteten Wangen, den lebhaft glänzenden Augen und dem in verhaltener Erregung zuckenden Mund einen seltsam süßen, fremdartigen Reiz ausstrahlte. Vielleicht trugen auch das geschmackvolle Kleid aus schwarzem Seidenkrepp und der sehr kleidsame große Hut dazu bei. Er sah Sanna zum erstenmal in solch gewählter Kleidung. Sie erschien ihm älter und erwachsener als bisher. Jedenfalls hatte der Gedanke, daß dieses schöne, fremdartige junge Geschöpf seine Frau war, einen eigenartigen Reiz für ihn.

An diesem Abend fragte er sich das erstemal eindringlich, ob es denn nötig sei, daß er wieder auf Reisen ging, statt bei seiner jungen Frau zu bleiben und ihre Entwicklung zu beobachten. Er sagte sich aber ehrlich, daß er dann schwer imstande sein würde, still und geduldig abzuwarten, bis sich dieses kindliche Geschöpf zu einer jungen Frau entwickelt hatte, der er die Entscheidung über die Zukunft ihrer Ehe in die Hand legen durfte.

Jetzt war Sanna wohl Wachs in seinen Händen. Ihrem unerfahrenen Sinn gegenüber war es kaum schwer, sie für sich zu gewinnen. Aber es erschien ihm wie ein Unrecht, ihr gewissermaßen willkürlich den eigenen Stempel aufzudrücken. Erst mußte sie selbst lernen, Unterschiede zu machen, mußte reisen und sich in Welt und Leben umschauen, damit sie ihr eigenes Herz verstehen lernte. Dann sollte sie ihre Entscheidung treffen, und wie sie dann auch ausfiel — er würde sich dieser Entscheidung fügen. Das hatte er dem sterbenden Freund versprochen, und dieses Versprechen würde er halten. Es war also das beste, er ging so bald wie möglich wieder auf Reisen und führte sein Werk zu Ende, wie er sich vorgenommen hatte.

Während er diese Erwägungen anstellte, lag Sanna drüben in ihrem Zimmer und sah mit großen Augen in das Halbdunkel, das sie umgab.

So viel Neues war auf sie eingestürmt in diesen Wochen. Ihr war zumute, als lägen Jahre zwischen jetzt und dem Tag, da sie mit ihrem Vater die stille Farm verließ.

Wohl hatte ihr der Vater so oft von all diesem Leben und Treiben erzählt, aber diese Erzählungen waren ihr wie bunte Märchen erschienen. Und nun waren diese Märchen Wirklichkeit geworden. Wie ein hilfloses Kind tastete sie in all dem Neuen umher und konnte sich nicht zurechtfinden. An der Hand des Vaters wäre es ihr vielleicht leichter gewesen. Wäre es ihr zuviel geworden, hätte sie sich in seine Arme geflüchtet und die Augen geschlossen. Daß jetzt an des Vaters Stelle Werner stand, vermochte sie sich nicht zu denken. Es war doch etwas anderes. Manchmal hätte sie wohl seine Hand fassen und ihn bitten mögen: »Halte mich — hilf mir, mich zurechtfinden, ich fürchte mich vor diesem Leben.« Sie fühlte, daß sie das früher gekonnt hätte, als er noch »Onkel Werner« für sie war. Aber seit man sie seine Frau nannte, seit sie ihn nicht mehr Onkel Werner nennen durfte, war doch etwas anderes zwischen ihnen geworden. Sie wußte nur nicht recht, was es war. Wohl machten ihr seine Güte und Freundlichkeit das Herz warm, und ein geheimnisvolles, unverstandenes Gefühl drängte sie innerlich zu ihm. Aber zugleich fühlte sie Angst und Scheu, ihm lästig zu fallen, und das machte es ihr unmöglich, sich hilfesuchend an ihn zu schmiegen.

Es war ihr damals nicht entgangen, daß Werner den Wunsch ihres Vaters erfüllte, als er sie fragte, ob sie als seine Frau mit ihm nach Deutschland gehen wollte. Nur dem Vater zuliebe hatte er sich dazu entschlossen, ihr Schutz und Hort zu sein. Er fühlte sich in seiner Großherzigkeit eben als Schuldner ihres Vaters, weil dieser statt seiner von der tödlichen Kugel getroffen worden war. Und deshalb mußte sie alles tun, um ihm nicht lästig zu werden, ihm seine übernommenen Pflichten nicht zu erschweren. Tapfer nahm sie sich vor, recht vernünftig zu sein und ihm sein Amt leicht zu machen, soweit es in ihrer Macht stand. Mit diesem Vorsatz schlief sie endlich ein.

Als sie erwachte, rieb sie sich verwundert die Augen, sah sich erstaunt um in dem eleganten Hotelzimmer und sprang dann aus dem Bett.

Eilig kleidete sie sich an. Schwester Agathe hatte ihr am Abend vorher gesagt, welches von den neuen Kleidern sie am nächsten Morgen anlegen sollte. Das Zimmermädchen mußte ihr dabei helfen, da sie allein nicht damit fertig wurde.

Dann betrachtete sie sich mit kindlicher Freude im Spiegel. Wie gut diese schwarzseidene Bluse und der in Falten gelegte Tuchrock saßen! Wenn sie nachher ausging, würden das hübsche lange Jackett und der kleine schwarze Hut ihre Eleganz vervollständigen. Am liebsten hätte sie es gleich erst noch einmal angezogen, aber das Zimmermädchen meldete ihr, daß »der Herr Gemahl« auf sie mit dem Frühstück warte.

Eilig begab sich Sanna in das Frühstückszimmer. Werner kam ihr entgegen und führte sie dann an einen kleinen Tisch am Fenster, von wo sie einen Ausblick auf das Straßenleben hatte. Ein großer Veilchenstrauß lag auf ihrem Platz.

»Hast du gut geschlafen, Sanna?« fragte Werner, mit Wohlgefallen sein Auge auf ihr ruhen lassend.

»Sehr gut, ich danke, nur ein wenig spät eingeschlafen bin ich. Habe ich dich zu lange warten lassen?«

»Nein, ich versäume ja nichts, ich habe dir inzwischen diese Veilchen gekauft.«

Sie steckte ihr Näschen in den Strauß und reichte ihm die Hand.

»Ich danke dir. Oh, wie schön sind sie, die deutschen Veilchen.«

Nun wollte er sie beim Frühstück bedienen, da legte sie bittend ihre Hand auf die seine.

»Nein, laß mich das tun. Ich habe gestern früh die junge Frau, die mit ihrem Mann hier am Nebentisch saß, beobachtet. Sie legte ihm vor und machte ihm auch ein Brötchen zurecht. Das will ich für dich auch tun, sonst merkt gleich jeder, daß ich eine kleine Wilde bin, wie sie auf dem Schiff meinten.«

Werner lachte und küßte ihr die Hand.

»Also, ich lasse mich mit Vergnügen von dir verwöhnen.«

Sie zog die Hand schnell und errötend fort.

»Das mußt du nicht tun«, sagte sie, verschämt um sich blickend.

»Doch, Sanna, sonst halten mich die Leute für einen ›großen Wilden‹. Wenn du mich bedienst, muß ich dir mit einem Handkuß dafür danken.«

Sie hob tief atmend die Schultern und lächelte schelmisch. »Ei — was habt ihr Deutschen für närrische Sitten.«

»Diese Sitte ist nicht unbedingt deutsch. Und dann darfst du nicht sagen: ›Ihr Deutschen‹. Du bist auch eine Deutsche.«

Sie lachte.

»Eigentlich bin ich eine kleine Hottentottin.«

»Wenn das Tante Phine hörte!« neckte er.

»Wäre das schlimm?« fragte sie ängstlich.

Er mußte lachen.

»Schade, daß du mir das nicht in Bremerhaven gesagt hast, dann hätte ich Tante Phine geschrieben: ›Meine junge Frau ist eine kleine Hottentottin.‹ Ich glaube, sie hätte dann vor dir die Flucht ergriffen.«

Sie seufzte lächelnd.

»Wenn ich nur erst vor Tante Phines Augen Gnade gefunden hätte!«

Er streichelte ihre Hand.

»Hast du immer noch Angst, Sanna? Was würde der Vater zu deiner Tapferkeit sagen? Du mußt das bekämpfen.«

»Ich will mir Mühe geben«, sagte sie.

Bald darauf wurde Sanna wieder von den beiden Schwestern abgeholt zu einer neuen Rundfahrt von Geschäft zu Geschäft. Auch des Abends war man wieder zusammen, und am nächsten Morgen reiste das junge Paar nach Danzig. Im Eisenbahnabteil blieben sie während der ganzen

Fahrt allein. Werner hatte Sanna mit Lesestoff und Naschereien versorgt und saß ihr nun gegenüber.

So ganz allein mit Werner befiel die junge Frau wieder eine scheue Befangenheit. Schweigend und unverwandt sah sie zum Fenster hinaus. Er konnte ungestört ihr reines, klares Profil betrachten. Wie traurig sie nun wieder aussah!

Er vertiefte sich in die Einzelheiten ihres Gesichtes. Die großen dunklen Augen, in denen goldige Lichter schimmerten, wenn sie angeregt war, wurden von langen Wimpern umsäumt, deren Spitzen aufwärtsgebogen waren und einen goldenen Schein hatten wie das kastanienbraune Haar. Wie hübsch die schweren Locken sich unter dem schwarzen Hütchen auf der weißen Stirn und um das rosige Ohr ringelten! Und die Nase war fein geschnitten, ein wenig zu kurz. Das gab dem Gesicht zusammen mit dem etwas eigenwilligen Kinn ein besonders reizvolles Gepräge. Wahrlich, in Jahresfrist schon konnte sich dieses junge Geschöpf zu einer vollendeten Schönheit entwickelt haben. Soviel verstand er sich auf Frauenschönheit, wenn ihm auch bisher Käthe Verhagens goldblondes Haar und blaue Augen als Schönheitsideal vorgeschwebt hatten.

Und dann mußte er mitten in seiner Betrachtung über sich selbst lächeln. Wollte er sich selbst Sannas Vorzüge anpreisen, um sich in eine Neigung hineinzusteigern, die mit seinen bisherigen väterlichen Gefühlen nicht in Einklang zu bringen war? Wollte er sein verwaisten Herz an dieses holde junge Geschöpf hängen, um vielleicht später ein zweitesmal bitter enttäuscht zu werden? Es war doch wahrlich besser, er hielt das väterliche Gefühl fest, damit er sich das Herz nicht schwer machte und seine Unbefangenheit nicht verlor.

Aufatmend griff er zu dem noch ganz gefüllten Karton mit Naschwerk und hielt ihn Sanna geöffnet hin.

»Willst du nicht ein wenig naschen, Sanna?«

Sie wandte sich um und blickte auf die in Stanniol gehüllten Süßigkeiten hinab. Sie hätte keine junge Dame sein müssen, um widerstehen zu können. Sie hatte schon gelernt, diese geheimnisvoll verpackten Näschereien zu schätzen. Es war außerdem so lustig, diese glänzenden Hüllen zu entfernen und dann zu probieren, wie der Inhalt schmeckte.

Sie zögerte aber doch eine Weile.

»Welches soll ich nehmen?« fragte sie dann unsicher.

Er deutete mit dem Finger auf eine runde Kugel.

»Versuch dies einmal!«

Gehorsam langte sie zu.

»Du mußt aber auch davon nehmen!« sagte sie, scheu zu ihm aufblickend.

»Eigentlich bin ich es meiner Manneswürde schuldig, solche Genüsse zu verschmähen, aber dir zur Gesellschaft will ich eins nehmen.«

»Magst du sie nicht?« fragte sie erstaunt. »Sie schmecken köstlich.«

Er verzehrte einen Halbmond.

»Nun du wieder!« forderte er sie auf.

»Und dann du!« bat sie schelmisch. So schmauste er mit ihr, und dazwischen plauderten sie nun ganz vergnügt von ihren Reiseerlebnissen. Als sie von Berlin sprachen, sagte Sanna plötzlich:

»Gelt, Werner, ich habe schrecklich viel Geld ausgegeben für all die schönen Sachen, die ich mir gekauft habe?«

Er lachte.

»Nicht mehr, als du verantworten kannst.«

Sie atmete tief auf.

»Oh, es war wie ein Fieber in mir. Alles hätte ich kaufen mögen. Man sieht in den großen Geschäften so herrliche

Sachen. Eins gefiel mir immer besser als das andere. Vieles war mir völlig unbekannt; Schwester Agathe und ihre Schwester mußten mir erst erklären, wozu es gebraucht wird.«

»Hast du Wünsche unerfüllt gelassen?« fragte er belustigt.

»O nein, ich habe ja so viel gekauft. Schwester Agathe meinte freilich, ich müsse das alles haben, und du wolltest es so. Aber seltsam erging es mir bei den Einkäufen. Wenn ich das eine gewählt hatte, gefiel mir das andere besser, und ich hätte das Gekaufte wieder umtauschen mögen.«

Er lachte herzlich über ihren Eifer. Da kam doch die echte Evastochter zum Vorschein.

»Nun, vorläufig bist du mit dem Nötigsten versehen. Was noch fehlt, bekommst du auch in Danzig, und wenn du erst die Trauerkleider ablegst, fährst du mit Tante Phine wieder nach Berlin und kaufst dir farbenprächtige Kleider.«

Ihre Augen umflorten sich, und der Mund zuckte in verhaltenem Weinen.

»Wenn mein lieber Vater hätte dabeisein dürfen! Wie hat er sich gerade auf Berlin gefreut. So oft hat er mir ausgemalt, wie es sein würde, wenn er mich überall umherführen würde. Und nun . . .«

Sie warf sich in ausbrechendem Schmerz in die Kissen zurück und weinte. Er setzte sich neben sie und zog sie in seine Arme.

»Nicht weinen, Sanna, nicht traurig sein — sonst findet ja der Vater keine Ruhe im Grabe!«

Sie bezwang sich tapfer und richtete sich empor. Er nahm sofort seinen alten Platz wieder ein, als sie sich beruhigt hatte.

»Erzähl mir bitte noch ein wenig von Danzig, von deinem Haus und von deinen Freunden!« bat sie ihn.

Er tat es, beschrieb das alte schöne Patrizierhaus und schilderte ihr die Menschen, mit denen sie in Berührung kommen sollte. Und dann sprach er mit ihr darüber, daß sie während seiner Abwesenheit ihr Leben mit etwas ausfüllen sollte, was ihr über einsame Stunden weghelfen konnte.

»Du wirst noch manche Lücke in deinem Wissen ausfüllen müssen, Sanna. Ich werde dafür sorgen, daß du gute Lehrer erhältst. Daß du gern Musikunterricht nehmen möchtest, hast du mir schon gesagt. Ich glaube auch, du hast eine sehr gute Stimme, du sangst deutsche Volkslieder sehr schön, und es klang voll und stark über die Steppe. Es würde jedenfalls ratsam sein, wenn du auch Gesangstunden nähmst. Auch mit der neuesten Literatur könntest du dich befassen. Lust zum Lernen hast du ja, und es ist immer gut, wenn man seinem Leben einen Inhalt gibt«, sagte er.

Und dann schilderte er ihr, wie er sich die Einrichtung ihres Tagewerks dachte. Sie war eifrig dabei und freute sich darauf, etwas zu tun zu haben. Da Tante Phine vorläufig den Haushalt weiterführen sollte, wäre ihr sonst die Zeit lang geworden. Sie war an ein tätiges Leben gewöhnt gewesen und haßte das Nichtstun.

»Aber schau — da tauchen die Türme von Danzig auf, bald sind wir daheim.«

Sie beugte sich vor und schaute voll atemloser Spannung auf das immer näher kommende Städtebild. Eine erwartungsvolle Unruhe lag in ihrem Blick.

VI.

Seraphine Münzer stand, feierlich in Seide gekleidet, in der großen, hallenartigen Diele des Hauses Rutland und warf einen wahrhaftigen Feldherrnblick um sich. Es war alles zum Empfang des jungen Paares vorbereitet. In wenigen Minuten mußte Werner mit seiner jungen Frau eintreffen. Tante Phine paßte mit ihrem scharfkantigen, unbewegten Gesicht und der stolzen, vornehmen Haltung vorzüglich in die altertümliche Pracht der hochgewölbten Diele mit den herrlichen, in Eichenholz geschnitzten Wänden. Die mit schönen, alten Malereien geschmückte Decke wölbte sich erst oben über dem ersten Stockwerk. Man sah von unten ein geschnitztes Geländer rings um den Flur des ersten Stockes laufen; er war von unten durch schwere Säulen gestützt, um die sich Rundbänke zogen. Oben führten zahlreiche Türen nach allen vier Seiten in die Zimmer, und unten lagen die Eingänge zu den Räumen unter dem säulengestützten Raum. Alle diese Eingänge waren geöffnet, die breiten Flügeltüren waren zurückgeschlagen, so daß man die schönen Räume überblicken konnte. Nur im Hintergrund, hinter der schweren, vom Alter dunkelbraun gebeizten Eichentreppe mit dem kunstvoll geschnitzten Geländer waren einige Türen geschlossen, die in ein schmales Treppenhaus führten, welches von den im Erdgeschoß befindlichen Küchen- und Wirtschaftsräumen bis zum zweiten Stock führte. Dieses Treppenhaus hatte einen Nebenausgang zur Straße und wurde von Dienstboten und Lieferanten benutzt.

Seraphine trat noch einmal in die Tür, die zum Speisezimmer führte. Hier war bereits die Tafel festlich gedeckt. Ein kostbares Damasttuch von feinstem Gewebe lag auf dem großen runden Tisch. Darauf standen schweres Silbergerät und altes, wertvolles Porzellan, feingeschliffene Kristallgläser und eine große, mit Blumen und Früchten gefüllte Schale, die ein silbernes Schiff mit goldenen Masten und Segeln darstellte, das glückbringende Sinnbild des Hauses Rutland.

Tante Phine wußte, was sie dem Glanz dieses Hauses schuldig war. Sie verstand zu vertreten, das mußte man ihr lassen.

Hätte sie freilich geahnt, welch ein schlichtes, einfaches Geschöpf die junge Frau Rutland war, hätte sie gewußt, daß diese in einer weltabgeschiedenen Farm ohne alle Bequemlichkeit aufgewachsen war, vielleicht hätte sie sich mit einer geringeren Prachtentfaltung begnügt.

Sie rief jetzt durch den Speiseaufzug, der Speisezimmer und Küche verband, einen Befehl hinunter. Gleich darauf hörte sie draußen den Wagen vorfahren. Ohne Hast, in steifer Würde und mit hocherhobenem Haupt ging Seraphine bis zur Mitte der Diele zurück und erwartete hier die Ankommenden. Ein Diener hatte die Tür geöffnet und stand nun draußen am Wagenschlag. Werner Rutland führte seine junge Frau an ihm vorüber über die Schwelle seines Hauses. Seraphine ging nun dem jungen Paar einige Schritte gemessen entgegen, jeder Zoll eine regierende Fürstin.

Werners Lippen umspielte verstohlen ein Lächeln. Genau so hatte er sich den Empfang vorgestellt. Er hatte Sanna sogar schon im voraus eine humoristische Schilderung davon geliefert, um sie darauf vorzubereiten. Nun mußte Sanna ein wenig lächeln und sah halb schelmisch, halb beklommen zu ihm auf. Er drückte leise ihren Arm und führte sie Tante Phine zu.

»Hier bringe ich dir meine junge Frau — dies ist Tante Phine, liebe Sanna!« sagte er, die Hand der alten Dame küssend.

Seraphine streckte langsam ihre kühle, hagere Hand aus, und Sanna legte die ihre schnell hinein. Ihre Augen blickten bang und unruhig in Tante Phines ausdrucksloses Gesicht.

Seraphine war von der ersten schnellen Musterung der jungen Frau sehr befriedigt und zugleich erstaunt. Dieses kindliche Wesen mit der bescheidenen, fast ängstlichen Haltung würde nicht schwer zu beherrschen sein. Wie kam Werner nur zu dieser kindlichen, schüchternen Frau?

Mühsam zwang sie sich einige freundliche Worte ab. Sanna fand keine Erwiderung, die Kehle war ihr wie zugeschnürt. Unwillkürlich faßte sie wie Schutz suchend nach Werners Arm, und dieser lächelte ihr ermutigend zu.

»Ich stelle meine Frau unter deinen besonderen Schutz, Tante Phine! Sei besonders lieb und gut zu ihr! Sie hat weder Vater noch Mutter, und unsere Sitten und Gebräuche sind ihr fremd. Du wirst ihr helfen, daß sie sich zurechtfindet, nicht wahr? Du mußt dich auch in Zukunft aufopfern und dem Haushalt vorstehen. Sanna ist noch zu jung und unerfahren. Ich rechne auf deine Bereitwilligkeit, weiß ich doch, daß du dem Glanz des Hauses Rutland jedes Opfer bringst.«

Tante Phine war ganz Huld und Gnade. Sie jubelte innerlich, daß man ihr so kampflos den ersten Platz überließ. Sie ahnte nicht, daß Werner seine Worte wohlberechnet hatte, um sie nicht gegen Sanna zu erbittern. Sie war äußerst befriedigt, daß sie, wie sie es sich gewünscht, als Opfer hinstellen konnte, was ihr heiß ersehnt und erstrebenswert war.

»Du weißt, daß ich jederzeit zu Opfern bereit bin, lieber Werner, es ist ja selbstverständlich, daß ich auch fernerhin meine Kräfte dem Wohle dieses Hauses widme«, sagte sie würdevoll. Und zu Sanna gewendet, fuhr sie fort: »Ich werde dich selbst in deine Zimmer führen.« Das sagte sie mit einem Ausdruck, als lasse sie sich zu einer großen Huld und Gnade herab.

Inzwischen war das Gepäck des jungen Paares in die Zimmer geschafft worden. Sanna und Werner schritten hinter Tante Phine die breite Eichentreppe empor. Werner trat mit in Sannas Zimmer, um sich durch einen Blick zu überzeugen, daß Tante Phine auch frische Blumen zum Willkommen aufgestellt hatte. Es war geschehen. O ja, auf Tante Phine konnte man sich verlassen! Mochten ihre Gefühle der jungen Frau gegenüber sein, wie sie wollten — an Äußerlichkeiten ließ sie es nie fehlen.

Sanna sah sich, Werners Hand noch immer festhaltend, in ihrem neuen Reich um. Die gediegene Pracht der Ausstattung machte einen überwältigenden Eindruck auf sie. Die Zimmer waren einer längst vergangenen Zeit und Geschmacksrichtung gemäß eingerichtet. Solche Möbel hatte Sanna noch nie gesehen. Aber trotzdem fühlte sie sich geborgen und heimlich berührt. Die tiefen Fensternischen erregten ihre Aufmerksamkeit.

»Oh, die starken Mauern! Sie machen den Eindruck, als wäre man sicher dahinter vor allen Gefahren«, sagte sie aufatmend.

»Du sollst auch sicher und geborgen sein in dieses Hauses Schutz. Nicht wahr, Tante Phine, du hilfst mir, Sanna zu beschützen und zu behüten, wenn ich wieder auf Reisen gehe?« erwiderte Werner.

Seraphine wandte sich ihm überrascht zu.

»Du willst wieder auf Reisen gehen?«

Er nickte.

»Ja. Aber darüber sprechen wir später. Jetzt wollen wir Sanna allein lassen, damit sie sich ein wenig in ihrem Reich umsehen kann. Hoffentlich gefällt es dir gut, Kind!«

»Es ist sehr schön hier — und so heimisch und traut. Ich weiß nicht, woran es liegt, aber mir ist, als wären mir diese Zimmer nicht fremd, als hätte ich sie schon im Traum gesehen«, sagte Sanna leise und versonnen.

Seraphine hatte kein Verständnis für derartige Stimmungen. Außerdem beschäftigte sie der Gedanke, daß Werner wieder reisen würde, voll und ganz.

»Du wirst dich umkleiden wollen, Susanna. Dein Gepäck steht in deinem Garderobenzimmer. Wenn du Bedienung brauchst, klingle bitte. Das Zimmermädchen wird dann sofort erscheinen. In einer Stunde wird gespeist«, sagte sie in ihrer kühlen Weise.

Werner lächelte Sanna zu.

»Du mußt pünktlich fertig sein, Sanna! Tante Phine hält Pünktlichkeit für die erste Tugend. Ich hole dich dann ab, um dich ins Speisezimmer zu führen.«

Er küßte ihr die Hand. Sie sah errötend von ihm zu Tante Phine.

»Also bis nachher, Susanna!« sagte diese huldvoll.

»Bitte, nenn mich Sanna. Ich bin nur an diesen Namen gewöhnt, liebe Tante Phine!« bat die junge Frau.

»Wie du willst, liebe Sanna!«

Damit rauschte Seraphine hinaus.

Werner blickte Sanna lächelnd ins Gesicht.

»Gelt, sie ist ganz so, wie ich sie dir beschrieben habe, die gute Tante Phine?« fragte er leise.

Sie nickte und sah ihn mit schelmischem Einverständnis an.

»Also auf Wiedersehen in einer Stunde, Sanna! Sei pünktlich — sonst stehe ich für nichts!«

Sie blickten sich lachend an, und dann verließ Werner schnell das Zimmer.

Draußen stand Seraphine, auf ihn wartend.

»Willst du wirklich wieder verreisen, Werner?« fragte sie hastig, als könne sie nicht erwarten, die Antwort zu hören.

Er sah sie belustigt an. Wußte er doch ganz genau, daß ihr eine Bestätigung angenehm sein würde.

»Wir sprechen noch darüber, Tante Phine! Ich habe dir überhaupt manches zu sagen. Jetzt verlangt mich jedoch danach, den Reisestaub abzuschütteln.«

Damit küßte er ihr artig die Hand und verschwand in seinen Zimmern, die denen Sannas gegenüberlagen, auf der anderen Seite des Flurs.

Seraphine sah ihm stumm und starr nach. Dann blickte sie auf Sannas Tür und schüttelte, die Achseln zuckend, den Kopf, als wollte sie sagen:

»Daraus werde ein anderer klug!«

Sanna schritt zögernd und langsam durch ihre Zimmer. Jedes Möbel, jedes Bild betrachtete sie aufmerksam. Zuweilen streifte sie wie schmeichelnd mit den Händen über einen besonders schönen Gegenstand hin. Über einem Schränkchen, das mit wundervollen Schnitzereien verziert war, hing in einem vergoldeten Rahmen das Bild einer Dame in einer Tracht, die Sanna völlig fremd war. Wie seltsam dieses Gesicht auf sie wirkte. Es war, als ob ihr die grauen Augen ermutigend zulächelten. Wo hatte sie nur diese Augen schon gesehen, mit dem leicht humoristischen Ausdruck, mit der warmen Güte und Zartheit, die so zum Herzen sprach. Es war, als ob dieses Gesicht lebendig würde, als ob die Lippen sich bewegten und ihr zuflüsterten: »Kleine Sanna, liebe, kleine Sanna!«

Und da ging es wie ein Ruck durch ihre Gestalt. Plötzlich wußte sie, daß dieses Damenbildnis sie an Werner erinnerte. Ein helles Rot flog über ihr Gesicht.

»Wer bist du?« fragte sie halblaut, als mußte ihr das Bild Antwort geben. Aber dann lächelte sie über sich selbst und dachte: »Ich will gleich nachher Werner fragen, wer diese liebe, freundliche Dame ist. Sie gefällt mir viel, viel besser als Tante Phine.«

Langsam ging sie weiter, aber noch einige Male blickte sie zu dem Bild zurück, und als sie mit ihrem Rundgang fertig war, setzte sie sich dem Bild gegenüber ans Fenster. Dies Zimmer gefiel ihr am besten, hier würde sie am liebsten weilen, das fühlte sie, und unter den gütigen, lächelnden Augen da drüben würde sie sich geborgen fühlen. Sie nickte dem Bild lächelnd zu.

»Du bist gut, das fühlt man«, sagte sie froh.

Und dann blickte sie zum Fenster hinaus. Ein leiser, entzückter Ausruf entfloh ihren Lippen. Da lag vor ihr der herrlichste Garten mit prachtvollen, breitästigen Bäumen und wundervollen Blumenrabatten. Blühende Rosen in ungeahnter Reichhaltigkeit und Fülle sandten ihren Duft zu ihr empor, als sie schnell das Fenster öffnete und sich hinausbeugte. Zwischen dem Gebüsch schimmerte das Dach eines hübschen Gartenhäuschens, welches von schlanken Säulen getragen wurde. Sie drückte die Hände aufs Herz und wandte sich nach dem Frauenbildnis um, als müsse sie jemand an ihrer Freude teilnehmen lassen.

»Heimat!« sagte sie bewegt vor sich hin — und dann noch ein zweites und drittes Mal mit starkem, innigem Ausdruck dieses eine Wort: »Heimat! Heimat!«

So grüßte sie die neue Umgebung und nahm sie in ihr Herz auf.

Dann glitt sie wieder in ihren Sessel und schloß die Augen. So saß sie reglos, bis ein feiner, silberner Ton sie aus ihrer Versunkenheit weckte. Erschreckt fuhr sie auf und blickte nach der hübschen kleinen Standuhr, die sie an die entschwindende Zeit gemahnt hatte. Eine halbe Stunde war bereits vergangen, jetzt mußte sie sich beeilen, um pünktlich fertig zu werden.

Schnell schritt sie hinüber in das Ankleidezimmer neben dem Schlafzimmer, das in ganz lichten Farben gehalten war. Hier standen ihre Koffer bereit. Sie wusch sich Gesicht und Hände und ordnete das lockige, schwere Haar in frische Flechten. Dann nahm sie ein passendes Kleid aus dem Koffer, duftig und geschmackvoll in Schwarz, mit einem Spitzeneinsatz am Hals und halblangen Ärmeln. Das legte sie an, und erst, als sie mit dem Zuknöpfen nicht fertig wurde, klingelte sie nach Bedienung. Ein sauber gekleidetes, frisches Mädchen trat ein und fragte nach ihrem Wunsch. Es trug ein weißes Häubchen auf dem blonden Haar und sah sehr freundlich und hilfsbereit aus.

Sanna bat, ein wenig schüchtern, ihr das Kleid zu schließen. Mit flinken, geschickten Händen führte das Mädchen den Auftrag aus. Sanna mußte an die alte Negerin denken, die ihr daheim ähnliche liebevolle Kammerzofendienste geleistet hatte.

»Haben gnädige Frau weitere Wünsche?«

Sanna wollte sich schon erkundigen, wer die Dame sei, deren Bild in ihrem Wohnzimmer drüben hing. Aber es fiel ihr ein, daß es vielleicht nicht statthaft sei, eine Dienerin danach zu fragen. Seufzend dachte sie, wieviel sie noch zu lernen habe, ehe sie sich richtig benehmen konnte in diesem Lande, das nun ihre Heimat war.

»Nein, danke, ich — ich möchte nur noch wissen, wie Sie heißen.«

»Berta, gnädige Frau!«

»Es ist gut, Berta, so darf ich Sie doch nennen, nicht wahr? Ich brauche jetzt nichts mehr. Wenn Sie später Zeit haben, können Sie mir vielleicht meine Sachen auspacken.«

»Gleich nachher, das gnädige Fräulein hat es mir schon aufgetragen.«

»Dann nehmen Sie bitte hier die Schlüssel.«

Berta nahm knicksend den zierlichen Schlüsselbund und ging hinaus.

Draußen begegnete ihr Werner.

»Ist meine Frau fertig, Berta?«

»Ja, gnädiger Herr!«

Werner klopfte an die Tür zu Sannas Wohnzimmer und trat dann ein.

Sanna kam Werner mit erregt glühenden Wangen entgegen. Sie hatte sich beeilen müssen.

»Beinahe hätte ich mich verspätet, Werner. Habe ich dich schon warten lassen?« fragte sie ängstlich.

Er lachte.

»Aber, Sanna, du hast dich doch nicht durch meine scherzhafte Drohung schrecken lassen? Hier in diesem Haus hat sich alles nach dir zu richten, das vergiß nicht. Hat dich Tante Phine etwa schon eingeschüchtert durch ihre Herrscherinnenmiene? Das laß sie ja nicht merken, sonst sieht sie in dir ein Opfer ihrer Tyrannengelüste. Nicht ducken lassen, kleine Frau! Tu Tante Phine den Gefallen, sie scheinbar als Oberhoheit zu betrachten, aber halte dich innerlich ganz frei von jedem Einfluß, den sie auf dich ausüben will.«

»Müssen wir jetzt zu Tisch gehen, oder haben wir noch ein Weilchen Zeit?«

»Wir haben Zeit, solange du willst.«

»Ich möchte zwei Wünsche aussprechen.«

Er zog die Stirn in Falten.

»Gleich zwei?«

Sie nickte lächelnd.

»Nun, dann heraus damit«, forderte er sie auf. Sie führte ihn vor das Damenbildnis und sah erwartungsvoll in sein kluges, kühnes Gesicht mit den warmen, humorvollen Augen.

»Ich möchte wissen, wer das ist.«

Ein weicher Ausdruck erschien auf seinem Gesicht.

»Ist das einer von den zwei Wünschen?«

»Ja, der wichtigste.«

»Das ist meine Mutter, Sanna!«

Sie atmete tief auf und legte die Hand aufs Herz.

»Ach — wie gut! Ihre Augen erinnerten mich gleich an dich und — sie haben mich willkommen geheißen — ganz ohne Zweifel. Sie sprachen zu mir und machten mich froh. Ich freue mich sehr, daß dieses Bild in meinem Zimmer hängt. Das ist, als sei ein Schutzgeist bei mir.«

Werner hatte ihren Worten mit seltsamer Ergriffenheit zugehört. Seine Augen ruhten sinnend auf ihrem jungen Gesicht.

Dann erinnerte er sich, daß sie von zwei Wünschen gesprochen hatte.

»Du hattest noch einen Wunsch auf dem Herzen, Sanna! Ist der auch so schwer zu erfüllen?« fragte er lächelnd.

Sie wandte ihm das Gesicht wieder zu.

»Ich möchte gern einmal in den schönen, großen Garten hinaus, der vor meinen Fenstern liegt.«

Er zog ihren Arm durch den seinen.

»So komm. Hast du lauter solche vermessenen Wünsche?«

Sie sah ihn an, und der hinreißende Schelmenzug lag wieder auf ihrem Gesicht.

»Du solltest dein Schicksal nicht herausfordern.«

Er fand sie entzückend mit diesem Ausdruck.

Sie waren die Treppe hinabgeschritten, und er führte sie nun durch ein in hellen Farben gehaltenes und mit einem großen, kostbaren Gobelin geschmücktes Zimmer. Von hier führte eine mit Glasfenstern versehene Tür über einige Sandsteinstufen in den Garten.

Sanna riß sich hier plötzlich von Werners Arm los und lief mit schnellen Schritten auf dem Hauptweg hinab bis zu den Rosensträuchern. Mit einem entzückten Ausruf blieb sie hier stehen und betrachtete, den Duft in vollen Zügen einatmend, die blühende Pracht.

»Wie schön, wie schön!« rief sie Werner entgegen, der ihr langsam gefolgt war.

Er freute sich an ihrem Entzücken und schnitt einige der schönsten Blüten ab, die sich erst halb entfaltet hatten.

»Komm, laß dich schmücken für das erste Mahl, das du in meinem Hause einnimmst«, sagte er und befestigte eine zarte Blüte in ihrem kastanienbraunen Haar. Sie hielt still und senkte errötend die Augen. Dabei sah sie so hold und lieblich aus, daß er sie am liebsten in seine Arme genommen und geküßt hätte. Aber er bezwang sich, um sie nicht zu erschrecken, und reichte ihr die anderen abgeschnittenen Rosen.

»So, die steckst du in den Gürtel, dann sieht dein schwarzes Kleid doch ein wenig festlich aus.«

Sie tat, wie er ihr geheißen hatte. In diesem Augenblick erschien Tante Phine in der offenen Tür.

Werner nickte ihr zu.

»Wir kommen sofort, Tante Phine!« rief er hinüber und fuhr leiser zu Sanna fort: »Ich glaube, der Braten brennt an, wenn wir uns jetzt nicht beeilen — und das würde uns Tante Phine nie verzeihen.«

Sie gingen den Weg gemeinsam zurück. Sanna ließ den Blick umherschweifen.

»Darf ich mich in diesem Garten aufhalten, sooft ich will?«

»Du darfst alles tun, was dir Freude macht. Haus und Garten sind dein Eigentum.«

Sie drückte in aufwallender Dankbarkeit seinen Arm.

»Du bist so gut, Werner — so unbeschreiblich gut. Mein lieber Vater könnte mich nicht mehr verwöhnen. Wenn ich es dir nur danken könnte!«

»Du dankst es mir, indem du dich wohl und zufrieden fühlst.«

Sie waren bei Seraphine angelangt, die ihnen mißbilligend ob ihrer Unpünktlichkeit entgegensah. Werner schnitt ihr jeden Vorwurf ab, indem er sagte:

»Ist das Festmahl bereit, Tante Phine? Wir sind heute ausnahmsweise ein bißchen unpünktlich gewesen. Sanna mußte sich erst ein wenig umsehen. Aber nun sollst du deine Freude haben. Wir werden dir bei Tisch alle Ehre antun.«

Sie saßen dann in dem schönen altertümlichen Speisezimmer mit den wundervollen dunkel gebeizten Eichenmöbeln, die so fest und gediegen auf ihren Plätzen standen, als seien sie seit Jahrhunderten mit dem Hause verwachsen.

VII.

Am nächsten Tag fuhr Werner mit Sanna zuerst zu Verhagens, um sie mit Käthe bekannt zu machen. Tante Phine sah ihnen mit einem gehässigen Gesicht nach. Daß Werner ihr noch immer nicht über alles, was sie wissen wollte, Aufschluß gegeben hatte, verstärkte ihren Groll. Sie ahnte nicht, daß es Werner schwerfiel, ihr die näheren Verhältnisse zu erklären und gewissermaßen das Geheimnis seiner seltsamen Ehe preiszugeben. Solche Eröffnungen macht man nicht einmal seinen vertrautesten Freunden gern. Tante Phine aber war seinem Innern völlig fremd. Trotzdem hatte er sich gesagt, daß es nötig sei, die alte Dame einzuweihen, damit sie Sanna gegenüber nicht Dinge berührte, die diese verletzen oder beunruhigen mußten. Aber er schob diese Eröffnung hinaus, solange er konnte.

Nun war das junge Paar auf dem Weg zu Verhagens. Werner fühlte sich eigentümlich beklommen unruhig. Wie würde Käthes Anblick jetzt auf ihn wirken? Als er sie vor seiner Abreise zuletzt gesehen hatte, war in seinem Herzen noch immer ein schmerzhaftes Gefühl gewesen. Er hatte ihren bittenden Augen gegenüber noch kein befreites Lächeln gehabt, und sie war traurig gewesen, weil sie erkannt haben mochte, daß der Jugendfreund noch immer unter der Enttäuschung litt, die sie ihm hatte zufügen müssen.

Während er nun mit Sanna seinem Ziel immer näher kam, saßen in Käthe Verhagens hübschem lauschigem Zimmer ihr Gatte und ihr Bruder Rudolf der Hausfrau gegenüber.

»Ihr könnt es mir glauben oder nicht«, sagte Rudolf eifrig, »das Gerücht hat bereits die ganze Stadt durchlaufen. Gestern nachmittag soll Werner bereits mit seiner jungen Frau eingetroffen sein.«

Käthe erwiderte ungläubig: »Wenn sich Werner Rutland wirklich verheiratet hätte, warum hätte er es dann uns, seinen besten Freunden, nicht mitgeteilt?«

»Seine Vermählungsanzeige kann ja verlorengegangen sein, oder er ist früher angekommen als diese.«

Käthe seufzte ungeduldig.

»Ich gäbe etwas darum, wenn ich Gewißheit hätte!« rief sie in ihrer lebhaften Art.

»Es ist aber doch kaum zu glauben, daß er sich in dieser kurzen Zeit verheiratet haben soll. Bedenkt doch, daß sechs Wochen allein zur Hin- und Rückreise nötig waren. Daß er in Swakopmund eingetroffen ist, hat er dir gemeldet, Rudolf. Da hätte er ja kaum vier Wochen Zeit gehabt, sich da unten zu vermählen. Wer weiß, was die Gerüchteküche da wieder für einen Unsinn gezeitigt hat«, sagte Fritz Verhagen zweifelnd.

In diesem Augenblick öffnete ein zierliches, hübsches Zöfchen die Tür und meldete: »Herr und Frau Rutland.«

Die drei Menschen sahen sich sprachlos an. Dann ermannte sich Fritz Verhagen als erster.

»Wir lassen bitten.«

Gleich darauf trat Werner mit seiner Frau ins Zimmer. Nun kam Leben in Käthes Gestalt. Sie eilte mit strahlendem Gesicht dem jungen Paar entgegen und ergriff ohne Umstände beider Hände.

»Ist es denn wahr, Werner, ist es wirklich wahr? Wir wollten es nicht glauben, Rudolf brachte uns eben erst die Neuigkeit«, stieß sie atemlos und freudig erregt hervor.

In Werners Herzen keimten doch noch einmal alte Schmerzen auf, als er das schöne, lebensfrische Geschöpf vor sich sah, dem seine tiefe, ehrliche Liebe gehört hatte. Er verstand nur zu gut ihre Freude an seiner Vermählung, wich doch damit der Schatten, den seine unglückliche Liebe auf ihr Glück geworfen hatte.

»Ich bringe euch meine junge Frau«, sagte er jedoch scheinbar ruhig. »Sanna, dies ist Käthe Verhagen, meine Jugendfreundin — und das ist Fritz Verhagen, ihr Gatte . . .«

»Und ich bin sein bester Freund, Rudolf Raven, meine verehrte, gnädige Frau — ich gestatte mir, Sie im Namen der ganzen Familie herzlichst zu begrüßen«, fiel ihm Rudolf ins Wort und beugte sich über Sannas Hand.

Käthe schob ihn zur Seite und zog Sanna zu sich auf den Diwan.

»Was dir einfällt, Rudolf! Im Namen der ganzen Familie? Wer hat dich dazu berechtigt? Wir begrüßen Frau Sanna Rutland selbst, und — ach du lieber Gott! — an Herzlichkeit soll es nicht fehlen. Bitte, nehmen Sie uns die formlose Begrüßung nicht übel. Aber wenn uns Werner Rutland seine junge Frau bringt, so gehört sie zu uns. Gelt, Werner?«

»Es ist sehr lieb von dir, Käthe. Ich habe es meiner Frau vorausgesagt, daß ihr ein Plätzchen neben mir in euren Herzen gehören wird.«

Käthe blickte mit feuchten Augen in Sannas Gesicht, aus dem ihr eine scheue Freude entgegenleuchtete.

»Werner hat mir sehr viel Gutes von Ihnen allen erzählt, gnädige Frau. Ich freue mich, daß Sie so gut zu mir sind und so freundlich«, sage Sanna gerührt.

Die drei Menschen lauschten entzückt ihrer fremdartigen Sprechweise.

»Sie sind Ausländerin, gnädige Frau?« fragte Fritz Verhagen artig, nachdem er auch Sanna durch einen Handkuß begrüßt hatte.

»Aber nein, ich bin Deutsche, mein Vater war deutscher Offizier«, antwortete sie lächelnd.

Rudolf faßte Werner bei den Schultern.

»Du, eine Schande ist es, von fremden Menschen muß man erfahren, daß du dich verheiratet hast.«

»Ihr müßt entschuldigen, die Umstände brachten das mit sich. Unsere Hochzeit mußte etwas übereilt stattfinden, wir sind am Sterbebett meines Schwiegervaters getraut worden. Und ehe ihr meine Nachricht erhalten hättet, war ich selbst da.«

»Nun, das läßt sich als Entschuldigung hören.«

Käthe plauderte lebhaft mit der jungen Frau in einer so herzlichen Art, daß Sanna schnell alle Scheu verlor und froh darauf einging. Die Herren hörten zu und fanden die junge Frau mit ihren etwas weltfremden Ansichten sehr reizend.

Als sie eine kleine Schilderung von ihres Vaters Farm gegeben hatte, sagte Rudolf Raven, ihr entzückt in die Augen sehend: »Von Ihrer Heimat müssen Sie mir noch viel erzählen, gnädige Frau. Werner hat sich mit kühner Hand einen Paradiesvogel in das alte Haus an der Werft geholt. Da er mein Freund ist, darf ich mich hoffentlich oft zu einem Plauderstündchen einfinden. Werner hat mir auch noch viel zu erzählen. Wie ist es nun mit deinem Wandervogeltrieb, Werner? Wirst du nun hübsch brav und seßhaft zu Hause bleiben?«

»Nein, Rudolf, noch habe ich meine Forschungen nicht abgeschlossen. Ich reise schon in wenigen Tagen wieder ab.«

Sie sahen ihn alle erstaunt an.

»Wie, du willst deine junge Frau allein lassen?« fragte Rudolf fast bestürzt. »Gnädige Frau, das dürfen Sie nicht zulassen.«

Sanna warf errötend einen scheuen Blick zu Werner hinüber. Dann sagte sie zaghaft:

»Werner weiß, was er tun muß.«

Rudolf sprang auf.

»Aber du Unmensch, das ist ja unerhört! So eine reizende junge Frau läßt man doch nicht allein, um toten Dingen nachzuforschen.«

Werners Stirn rötete sich. Er fühlte, daß ihn Käthe mit forschenden Augen ansah.

»Diese Reise war schon vorher beschlossene Sache, ich bin Verpflichtungen dafür eingegangen, die ich nicht lösen kann. Wir hätten unsere Hochzeit bis nach der Reise verschoben, wenn der Vater meiner Frau nicht gestorben wäre. Sanna ist noch so jung — ich habe sie nur heimgebracht, um sie im Schutz meines Hauses zu wissen. Und da komme ich nun auch gleich mit einer großen Bitte zu euch, vor allen Dingen zu dir, liebe Käthe. Nimm dich meiner jungen Frau ein wenig an! Sie ist ein Fremdling in der deutschen Heimat ihres Vaters und muß sich erst in mancherlei finden.«

Käthe Verhagen legte plötzlich ihren Arm fest um Sannas Schultern.

»Sie soll mir wie eine Schwester sein, Werner, ich verspreche es dir«, sagte sie ernst.

»Nun — ich hoffe ebenfalls von dieser Verschwisterung Vorteil zu ziehen. Gnädige Frau — ich werde Ihr getreuer Ritter sein, solange Werner fernbleibt!« rief Rudolf.

Sanna sah mit einem frohen Lächeln zu den Geschwistern auf.

»Sie sind beide so gut zu mir!«

Werner legte seine Hand auf Rudolfs Schulter.

»Ich ernenne dich feierlich zum Ritter meiner Frau!«

»Dagegen erhebe ich Einspruch!« rief Fritz Verhagen. »Zu solchem Ehrenamt ist Rudolf nicht alt genug. Mir kommt es eher zu.«

»Ach, weil du ein ganzes Jahr älter bist als ich! Nee, nee, mein Lieber, du bist auch durch Familiensorgen viel zu sehr gebunden.«

»Gnädige Frau, entscheiden Sie selbst, wem von uns beiden Sie mehr Vertrauen schenken«, wandte sich Fritz lachend an Sanna.

Diese blickte schelmisch von einem zum andern. »Da fällt mir die Wahl schwer«, sagte sie lächelnd.

»Jedenfalls weiß ich meine Frau in gutem Schutz bei euch allen«, meinte Werner zufrieden. »Aber deine Hilfe erbitte ich doch ganz besonders, Käthe. Sanna wird diese am nötigsten brauchen. Vor allen Dingen möchte ich dich bitten, zuweilen in meinem Haus nach dem Rechten zu sehen. Du kennst Tante Phine — man muß ihr ein kräftiges Selbstbewußtsein entgegensetzen, wenn man nicht unter ihre Tyrannei geraten will. Und Sanna ist keine Kämpfernatur.«

Käthe streckte fröhlich die Arme aus.

»Oh, auf eine lustige Fehde mit Tante Phine soll es mir nicht ankommen. Zuerst wollen wir aber unser Bündnis mit einem schwesterlichen ›Du‹ besiegeln. Werner Rutlands Frau kann ich unmöglich mit dem steifen ›Sie‹ anreden. Also auf du und du, liebe Sanna. Und morgen kommt ihr beide zu uns zu Tisch und bleibt bis zum Abend. Wir müssen noch viel besprechen, ehe Werner wieder abreist.«

Werner sagte mit Sannas Einverständnis zu. Man plauderte dann noch ein halbes Stündchen, dann verabschiedete sich das junge Paar, das noch einige Besuche machen wollte.

Käthe küßte Sanna herzlich zum Abschied.

»Wir werden uns sehr oft sehen, nicht wahr? Ich bin ja auch viel allein, wenn mein Mann im Geschäft ist. Und meine beste Freundin, Lotte Hansen, geht wieder nach Zürich, sie studiert Medizin. Da freue ich mich, daß ich in dir Ersatz finden werde«, schloß Käthe.

Sanna saß dann froh und angeregt im Wagen neben Werner.

»Was sind das für liebe, gute Menschen, man muß sie liebhaben«, sagte sie lebhaft.

»Ich wußte, daß sie dir gefallen würden«, antwortete er ruhig.

Sie sah ihn prüfend an.

»Du schienst mir so still in ihrer Gesellschaft? Oder habe ich mir das nur eingebildet?«

Er vermied ihren Blick.

»Ich war wohl nicht stiller als sonst. Vielleicht schien es dir so im Gegensatz zu Rudolf Ravens Lebhaftigkeit«, erwiderte er hastig, obwohl er sich bewußt war, daß sie recht hatte.

»Herr Raven ist sehr lustig«, sagte Sanna vergnügt. »Man muß viel über ihn lachen.«

»So wird er dir in meiner Abwesenheit ein guter Gesellschafter sein.«

Sannas Gesicht überflog jäh ein leiser Schatten. Wenn sie an Werners Abreise dachte, wurde ihr das Herz schwer. Ihre Scheu vor einem Zusammenleben hatte sich durch sein kluges, zurückhaltendes Benehmen fast verloren.

Sie hätte es jetzt gern gesehen, wenn er geblieben wäre. Aber darum zu bitten wagte sie nicht. Sie wollte ihn in keiner Weise hindern in der Freiheit seines Handelns. Leicht mußte sie ihm sein Beschützeramt machen, damit sie ihm nicht lästig wurde.

Käthe Verhagen hatte mit einem langen Blick hinter dem jungen Paar hergesehen.

Ihr Mann sagte erstaunt: »Was hat sich Werner Rutland für ein blutjunges Frauchen aus den Kolonien geholt? Was hältst du von dieser Ehe, Käthe?«

Sie seufzte.

»Da ist wohl nicht alles so, wie es sein sollte. Diese liebe, kleine Sanna scheint mir dazu geschaffen, einen Mann glücklich zu machen — trotz ihrer Jugend. Eins ist sicher — sie liebt ihren Mann.«

»Ei, woher weißt du das so genau?«

»Das merken wir Frauen an allerlei geheimnisvollen Zeichen«, sagte Käthe lächelnd.

»Hörst du, Rudolf, Käthe hört und fühlt einmal wieder mit ihrem sechsten Sinn.«

Rudolf nickte.

»Käthe wird schon recht haben. Übrigens ist diese Frau Sanna ein liebes, kleines Ding — ein kleiner, süßer Paradiesvogel.«

Käthe und ihr Mann sahen sich lachend an. Dann sagte die schöne Frau neckend zu ihrem Bruder:

»Hast du schon wieder Feuer gefangen, du Schmetterling?«

Rudolf zuckte lächelnd die Achseln.

»Was kann ich denn dafür, daß es so viele schöne Frauen gibt und daß mir eine immer besser gefällt als die andere?!«

Käthe gab ihm einen kleinen Nasenstüber.

»Warte nur, deine Stunde schlägt auch noch!«

Er nickte, als wisse er, daß er einem unentrinnbaren Schicksal in die Arme lief.

»Ich warte, sei ganz beruhigt, Schwesterherz. Aber ich will euch jetzt von meiner liebenswürdigen Gegenwart befreien. Meine Neuigkeit ist ja nun bestätigt worden. Mahlzeit, Herrschaften! Morgen komme ich natürlich ebenfalls zu Tisch, obwohl ihr mich schnöderweise noch nicht dazu eingeladen habt und ich mich eigentlich beleidigt fühlen könnte.«

»Das laß lieber bleiben, Rudolf, ich meine das Beleidigtfühlen. Ich verspreche dir auch, daß du neben dem Paradiesvogel sitzen darfst. Auf Wiedersehen — und bessere dich!« sagte Käthe lachend.

Rudolf schüttelte dem Schwager die Hand und drückte Käthe einen Kuß auf die Wangen, dann ging er.

VIII.

Am nächsten Morgen hatte Werner Tante Seraphine um eine Unterredung bitten lassen. Er empfing sie in seinem Arbeitszimmer, nachdem er sich gleich nach dem Frühstück von Sanna für eine Stunde beurlaubt hatte.

Seraphine war natürlich voll brennender Neugier und hatte Mühe, die zur Gewohnheit gewordene überlegen vornehme Miene nicht preiszugeben.

Werner schob ihr einen Sessel hin und bat sie, Platz zu nehmen. Seinem Gesicht war anzusehen, daß ihm diese Unterredung nicht angenehm war. Er zögerte eine ganze Weile, bis er begann. Aber dann richtete er sich entschlossen auf und berichtete kurz und sachlich, wie es gekommen war, daß Sanna seine Frau wurde.

»Du siehst also, Tante Phine, daß ein etwas absonderliches Verhältnis zwischen mir und Sanna besteht. Ich habe dir dies alles offen erklärt, um dich zur größten Rücksichtnahme gegen meine junge Frau zu veranlassen. Ich bin nur dem Namen nach Sannas Ehemann und ihr rechtmäßiger Schutz und Hort. Sie ist noch zu jung und unerfahren, um die ganze Tragweite dieses Schrittes ermessen zu können. Ihr Herz ist noch ein völlig unbeschriebenes Blatt, und ich weiß nicht, ob es eines Tages, wenn es erwacht, für mich oder für einen anderen schlagen wird. Deshalb ist es gut, daß ich jetzt noch für zwei Jahre verreise. Inzwischen wird sie Zeit haben, sich über ihr Empfinden klarzuwerden. Komme ich nach zwei Jahren zurück, so soll sie selbst entscheiden, ob sie ihr Glück an meiner Seite finden kann — ob sie meine Frau werden will. Andernfalls werde ich sie freigeben, wie ich es ihrem Vater versprochen habe.«

Seraphine war mit atemloser Spannung seinen Worten gefolgt. Verworrene Pläne und Gedanken kreuzten ihr Hirn.

»Soll das heißen, daß du dich in diesem Falle von Sanna scheiden lassen willst?«

»Ja, Sannas Glück ist meine Lebensaufgabe. Es wird sich dann schon ein Grund zur Scheidung finden lassen.«

Seraphine hatte vor Erregung rote Flecken im Gesicht bekommen.

»Nun, das muß ich sagen, reichlich romantisch ist eure Geschichte. Ich meine aber, du hättest die ganze Angelegenheit einfacher haben können, wenn du Sanna nur als deinen Schützling hier ins Haus gebracht hättest, da du doch wieder auf Reisen gehst.«

»Du vergißt, daß ich Sanna dann allerlei Mißdeutungen ausgesetzt hätte. Und noch eins: Es könnte ja sein, daß mir etwas zustieße unterwegs, dann will ich Sanna als meine gesetzliche Erbin vor allen Sorgen geschützt wissen.«

»Du gehst da wohl zu weit in deinem Dankbarkeitsgefühl gegen deinen Lebensretter. Übrigens wird eine Ehescheidung auch nicht wenig Staub aufwirbeln.«

»Ich werde dafür sorgen, daß Sannas Ruf dabei unangetastet bleibt.«

»Und du? Willst du dann als schuldiger Teil gelten?«

»Auf mich kommt es nicht an.«

»Du bist sehr großmütig, um so mehr, als du deine Frau nicht liebst. Es hätte mich ja auch bei deinem Charakter gewundert, daß du Käthe Verhagen so schnell vergessen konntest.«

Werner zog die Stirn finster zusammen.

»Bitte, erwähne Frau Verhagens Namen nicht im Zusammenhang mit mir. Daß du zufällig dahintergekommen bist, daß sie mir mehr galt als andere Frauen, berechtigt dich zu keinerlei Schlüssen.«

Tante Phine biß sich auf die Lippen und schwieg, während sie dachte: Rede du dagegen, soviel du willst, ich bin überzeugt, daß du diese Käthe Verhagen noch immer liebst.

Eine Weile herrschte Schweigen, dann sagte Werner scheinbar ruhig:

»Wir sind von unserem Thema abgekommen. Also, nicht wahr, nachdem ich dir die Verhältnisse klargelegt habe, kann ich über dein feinfühlendes Benehmen Sanna gegenüber beruhigt sein?«

Seraphine warf fast beleidigt den Kopf zurück.

»Über Mangel daran hat sich noch nie jemand bei mir zu beklagen gehabt, das hätte keines Wortes weiter bedurft.«

Es zuckte leise um Werners Mund, wie ein unterdrücktes Spottlächeln.

»Du hättest ja aus Unwissenheit einen Verstoß begehen können. Nun, da du eingeweiht bist, verlasse ich mich voll auf dich.«

»Das kannst du unbesorgt, ich werde Sanna behandeln wie ein junges Mädchen, nicht wie eine verheiratete Frau. Im Grunde besteht eure Ehe ja auch nur zum Schein.«

Werner hatte wieder eine Weile stumm vor sich hingesehen. Tante Phines Worte »Im Grunde besteht eure Ehe ja nur zum Schein« klangen in ihm nach. Sie hatte ja so recht damit! In wenigen Tagen würde er wieder abreisen, und Sanna blieb allein zurück. Sie würde von der neuen Umgebung, von neuen Vergnügungen und Beschäftigungen in Anspruch genommen werden und ihn bald vergessen. Es würden täglich neue Menschen in ihr Leben treten — und da war dann vielleicht eines Tages einer dabei, dem sie ihr junges, unberührtes Herz zu eigen gab. Und dann?

Er zog die Stirn wie im Schmerz zusammen. Warum mochte er plötzlich dieses »dann« nicht mehr zu Ende denken? Würde es ihm schwer werden, sie dann freizugeben?

»Hast du schon einen bestimmten Tag für deine Abreise festgesetzt?« fragte sie, als handelte es sich um einen Nachmittagsausflug.

Er schrak aus seinem Sinnen empor.

»Ja, morgen in acht Tagen reise ich ab. Am 25. Juni geht mein Dampfer in See.«

»So bald schon?« sagte sie höflich.

»Es ist besser, ich zögere nicht länger. Du begreifst, daß der ganze Zustand für mich peinlich ist.«

Seraphine nickte.

»Vollkommen.«

»Also nicht wahr, Tante Phine, ich kann Sanna beruhigt unter deinem Schutz zurücklassen?«

»Gewiß, ganz unbesorgt.«

»Und du wirst nicht vergessen, daß sie scheu und weltfremd ist, daß sie der Leitung und Hilfe bedarf? Ich bitte dich, ihr jeden möglichen Wunsch zu erfüllen, sie soll sich froh und glücklich fühlen in meinem Haus. Ich werde dir für meinen Bankier die nötige Anweisung geben. Sanna soll gut und fein gekleidet sein.«

Seraphine lächelte überlegen.

»Ich weiß, was ich dem Hause Rutland schuldig bin. Und ich sorge dafür, daß deine Frau es würdig vertritt.«

»Gut, dann ist alles geklärt. Nur noch eins: Ich möchte, ehe ich abreise, einige Bekannte einladen, vielleicht nächsten Sonnabend. Willst du so freundlich sein, die nötigen Anordnungen zu einem kleinen, aber gewählten Festmahl zu treffen?«

»Das soll geschehen. Hast du schon überlegt, wer eingeladen werden soll?«

»Noch nicht. Ich schicke dir nachher die Liste. Mir liegt daran, all die Leute an Sannas Seite zu empfangen, mit denen ich sie gern einen näheren Umgang pflegen lassen möchte.«

»Sind Verhagens dabei?« fragte Seraphine anscheinend unbefangen und harmlos. Ihre Augen hatten jedoch dabei wieder den lauernden Ausdruck.

Werners Gesicht rötete sich, aber er beherrschte sich und sagte ruhig:

»Selbstverständlich, die zuerst. Rudolf Raven und seine Schwester sind meine ältesten Freunde, und Fritz Verhagen ist mir sehr angenehm. Käthe Verhagen hat mir versprochen, sich Sannas besonders anzunehmen. Wir werden heute mittag, wie du weißt, ihre Gäste sein. Und ihr Mann und Rudolf haben sich erboten, Sanna Ritterdienste zu leisten.«

Ein harter, kalter Glanz lag in Seraphine Münzers Augen.

»So, so, der lustige Rudolf auch«, sagte sie mit unnachahmlichem Ausdruck. »Nun — der wird ein sehr angenehmer Ritter sein.«

Werner erhob sich schroff.

»Das hoffe ich. Sanna soll so viel wie möglich mit frohen Menschen zusammensein. Ich bitte dich, derartigen Umgang in jeder Weise zu unterstützen«, sagte er kurz und trat an das Fenster.

Seraphine blickte ihm mit einem unbeschreiblichen Lächeln nach. Was er da gesagt hatte — klang das nicht, als wolle er Sanna den Weg ebnen zu einem anderen Glück? Wünschte er vielleicht, daß er auf diese Weise seine Freiheit wiederfand? Sicher hatte er, nur durch seine Großmut gezwungen, diese Ehefessel auf sich genommen. Sie drückte ihn wohl bereits? Nun, in diesem Punkte sollten seine Wünsche mit den ihren zusammentreffen! Was an ihr lag, wollte sie tun, ihm die Freiheit wiederzuverschaffen, ob mit oder ohne seinen Willen. Und jedenfalls wollte sie Rudolf Raven zur Verwirklichung ihrer Pläne im Auge behalten. Er war ein hübscher, stattlicher Mann und hatte viel Glück bei Frauen. Unverheiratet und unverlobt war er auch noch — man konnte ein wenig nachhelfen. Wenn sich Sanna in Werners Abwesenheit in Rudolf Raven verliebte, das wäre die beste Lösung. Die Leute würden zwar ein bißchen böse reden, wenn Werner und Sanna sich trennten und die junge Frau dann Rudolfs Gattin würde. Aber sollten sie nur. Seraphine konnte sich mühelos über die Meinung der Leute hinwegsetzen, wenn dabei ihre Pläne gefördert wurden.

So fing sie schon jetzt an, Ränke zu schmieden, um sich wieder die erste Stelle in diesem Haus zurückzuerobern.

Sanna war in den Garten hinausgegangen. Werner fand sie in träumerischer Versunkenheit auf einer Bank sitzen. Als er zu ihr trat, schrak sie empor und sah verwirrt lächelnd zu ihm auf.

»Hast du Langeweile gehabt, Sanna?« fragte er.

Sie schüttelte den Kopf, so daß goldene Lichter auf ihrem Haar tanzten im Sonnenschein.

»Ich habe inzwischen allerlei mit Tante Phine besprochen für die Zeit meiner Abwesenheit. Nächsten Dienstag reise ich ab.«

Sie wandte langsam das Gesicht von ihm fort. Ihre Augen senkten sich, so daß die langen Wimpern wie goldige Halbmonde auf der kindlichen Rundung der Wangen lagen. Aber sie sagte kein Wort. So fuhr er fort:

»Sonnabend wollen wir unsere besten Freunde und Bekannten zu einer kleinen Feier laden. Es ist dir doch recht?«

»Mir ist alles recht, was du bestimmst«, antwortete sie einfach.

»Du sollst doch auch deine Meinung dazu äußern.«

Nun blickte sie auf.

»Werden Verhagens und Rudolf Raven auch kommen?«

»Gewiß, Sanna. Gelt, sie haben dir am besten gefallen von den Menschen, die du gestern bei unseren Besuchen kennengelernt hast?«

»Ja, und sie werden mir immer am besten gefallen, zumal Käthe. Ach, wie ist sie lieb und schön. Sie ist nun auch meine Freundin — ich habe noch nie eine gehabt. Findest du nicht, daß sie wundervolles goldenes Haar hat?«

Er lächelte und streichelte leise über ihre dicken Flechten.

»Nun, schöneres Haar als das deine sah ich noch nie.«

Dunkle Röte stieg in ihr Gesicht, und sie sah erschreckt in seine Augen.

Er lachte, obwohl ihm das Herz seltsam schwer und unruhig in der Brust schlug.

»Nun? Du siehst mich an, als habe ich dir etwas Schreckliches gesagt, kleine Sanna.«

Sie lächelte beklommen und strich über ihre Stirn.

»Ich bin es nicht gewöhnt, so etwas zu hören. Bitte, sag mir nie wieder solche Worte. Ich weiß nun schon, ihr nennt das Höflichkeit oder Artigkeit, und es ist bei euch so Sitte. Hier sagen sich alle Menschen Liebes und Gutes — auch wenn sie anders fühlen —, aus Höflichkeit. Ich muß mich ebenfalls daran gewöhnen. Aber du, du sollst nie etwas aus Höflichkeit zu mir sagen, nur immer, was wahr ist. Ich weiß doch ganz genau — mein Haar ist häßlich und widerspenstig, so unbändig, daß ich's kaum bewältigen kann. Käthes Haar ist weich und fein und glänzt so golden. Wie eine Krone liegt es auf ihrem Kopf und schmiegt sich, wie sie es haben will.«

Werner blickte mit scheinbar abwägendem Blick auf ihre schweren kastanienbraunen Zöpfe und die losen, widerspenstigen Locken, die sich so anmutig um die weiße Stirn ringelten. Früher hatte auch ihm Käthe Verhagens Blondhaar als das schönste gegolten. Jetzt mußte er sich aber eingestehen, daß Sannas Haar noch viel schöner und reicher war, selbst in dieser schlichten, ungekünstelten Anordnung. Oder vielleicht gewann es dadurch noch besonders.

»Ich werde dir gewiß nie aus Höflichkeit eine Lüge sagen, Sanna, das glaube mir. Und wenn dir dein Haar nicht gefällt, so weißt du eben selbst nicht, wie schön es ist und welchen Schatz du daran besitzt. Manche Frau würde wohl ein Vermögen dafür hingeben. Übrigens hast du recht, auch Käthe Verhagen hat schönes Haar.«

Sie schwiegen eine Weile. Werner blickte Sanna nachdenklich an, und sie schaute hinaus in den Garten. Um das Schweigen zu brechen, sagte er endlich:

»Ich habe gestern auch dein Erbteil in sicheren Papieren angelegt.«

Fragend sah sie zu ihm auf.

»Ach, du meinst das Geld, das Vater für die Farm erhielt?«

»Ja, ich wollte es dir nur der Ordnung halber mitteilen.«

»Muß ich mich um dieses Geld kümmern?« fragte sie unbehaglich.

»Nein, das besorgt alles mein Bankier. Wenn du Geld brauchst, sag es Tante Phine, sie wird dich jederzeit reichlich damit versorgen. Ich habe das mit ihr besprochen.«

Sie seufzte verstohlen auf.

»Ach, ich werde nie lernen, mit Geld umzugehen. Wenn ich etwas brauche, bitte ich Tante Phine, es für mich zu kaufen — oder Käthe —, darf ich das?«

»Gewiß. Aber du mußt das auch lernen. Es ist gar nicht so schwer, wie du denkst. Die Gewohnheit macht viel.«

Sie legte die Hände gefaltet in den Schoß.

»Wenn du nur wüßtest, wie mir das alles ist — wie ein Märchen, das ganze Deutschland. Ich muß nur immer staunen. Manchmal zwicke ich mich heimlich in den Finger, weil ich zu träumen glaube.«

»Bald genug wirst du dich an alles gewöhnen. Wenn ich in zwei Jahren zurückkomme, wird dir nichts mehr fremd sein.«

»Wirst du wieder in die Nähe unserer Farm kommen?« fragte sie leise.

»Nein, Sanna, diesmal will ich andere Gebiete durchforschen.«

Sie preßte die Hände zusammen. Im Herzen bangte sie unsagbar um ihn. Am liebsten hätte sie ihn gebeten: »Nimm mich mit!« oder »Bleibe bei mir!« Aber sie wagte es nicht auszusprechen, was ihre Seele erfüllte, sie glaubte kein Recht dazu zu haben.

Wieder hingen sie eine Weile ihren Gedanken nach. Dann sah Werner auf die Uhr.

»Es wird Zeit für dich zum Umkleiden, Sanna, wir werden bei Verhagens zu Tisch erwartet.«

Sie erhob sich sofort, und sie gingen ins Haus. In Ihrem Wohnzimmer trat Sanna vor das Bild von Werners Mutter und sah lange in die gütigen Augen. »Du dürftest ihn bitten, daheimzubleiben. Dir zuliebe würde er es wohl auch tun. Aber ich darf ihn nicht halten«, flüsterte sie, und eine große Traurigkeit erfüllte ihr Herz.

IX.

Am nächsten Morgen trat Seraphine, mit erregten roten Flecken im Gesicht, in Werners Zimmer. Er saß am Schreibtisch und arbeitete seinen Reiseweg aus. Erstaunt blickte er auf.

»Was gibt es, Tante Phine?«

»Verzeih, wenn ich dich störe, Werner, aber ich bin sehr erregt. Ich muß dir sagen, daß ich mich sehr verletzt fühle,« antwortete sie hastig.

»Verletzt? Wodurch denn?«

»Nun, durch diese Liste, die du mir geschickt hast.«

Er schüttelte verständnislos den Kopf.

»Aber wie kann ich dich dadurch verletzt haben?«

Sie hielt ihm mit bebenden Händen die Liste entgegen.

»Da, sieh, nicht einen meiner besonderen Freunde und Bekannten hast du mit eingeladen, nicht einmal Herrn und Frau Geheimrat Papperitz. Was soll man denken, welch untergeordnete Rolle ich hier spiele, wenn man im Hause Feste feiert, ohne meine Freunde zu berücksichtigen.«

Werner konnte ein humorvolles Lächeln nicht unterdrücken.

»Aber, Tante Phine, wie kannst du dich darüber aufregen? Du kannst doch selbstverständlich die Liste nach deinen Wünschen vervollständigen. Ich habe dir nur aufgezeichnet, wen ich bei mir zu sehen wünsche und mit wem ich meine Frau gesellschaftlichen Umgang pflegen sehen möchte.«

»Nun, meine Freunde sind doch dazu auch nicht zu gering, sie gehören zu den besten Familien.«

Werner mußte nun doch lachen.

»Zugegeben, Tante Phine, aber sie sind sämtlich ein wenig zu alt für meine junge Frau. Das schließt natürlich einen gelegentlichen Besuch nicht aus, Sanna wird ja auch mit deinen Kränzchendamen zusammenkommen müssen. Und so lade du getrost noch ein, wen du willst. Wir haben ja eine Menge Platz im Hause Rutland.«

Seraphines Erregung hatte sich schnell gelegt, als sie merkte, daß es Werner völlig ferngelegen hatte, ihr die im Laufe der Jahre mühsam erkämpften Vorrechte zu beschneiden. Sie neigte nun huldvoll das Haupt. »Nun, so war es nur ein kleines Mißverständnis. Ich hätte mich auch sonst sehr wundern müssen.«

Werner lachte wieder.

»Ich würde ja gar nicht wagen, dir irgendwelche Vorschriften zu machen«, sagte er mit einem spöttischen Unterton. Sie blickte ihn etwas zweifelnd und mißtrauisch an, hielt es aber dann für klüger, seinen Spott nicht zu beachten. So verabschiedete sie sich schnell unter dem Vorwand, noch alle Hände voll zu tun zu haben.

Am Sonnabend zeigte sich zur Genüge, welch hervorragende Fähigkeit Tante Phine hatte, Feste zu veranstalten. Da sie auch ihre Freunde hatte einladen dürfen und vor diesen beurkunden konnte, daß ihre Herrscherinnenwürde von der jungen Frau in keiner Weise beeinträchtigt worden war, so tat sie ihr möglichstes, den Glanz des Hauses zu entfalten.

Sanna war in Rufe des Entzückens ausgebrochen, als sie, bevor die Gäste eintrafen, in den großen Speisesaal trat, in dem heute die Tafel gedeckt war. Sie war in Hufeisenform aufgestellt und mit so viel Geschmack ausgeschmückt, daß auch verwöhntere Augen als die Sannas Freude und Genuß bei dem Anblick empfinden mußten.

Seraphine nahm Sannas und Werners Lob mit einer Miene entgegen, als wollte sie sagen: Ich weiß ganz genau, welche hervorragende Persönlichkeit ich bin und daß ihr ohne mich sehr bedauernswerte Geschöpfe wäret.

Als dann die Gäste eintrafen, gefiel sie sich darin, Sanna mit nachsichtiger Freundlichkeit zu behandeln, etwa wie ein Kind, das zu Gast geladen war. Sie zeigte durch ihr Verhalten, daß Sanna viel mehr von ihr abhängig war als sie von der jungen Frau.

Zwischen Werner und Rudolf Raven wechselte zuweilen ein belustigtes Lächeln wenn sie Seraphine beobachteten, und auch um Käthe Verhagens Mund trieben tausend Schelme ihr Spiel.

Jedenfalls aber erregte Sanna auch im Kreise von Tante Phines Freunden große Bewunderung. Man fand die junge Frau einstimmig entzückend und lauschte vergnügt, wenn sie in dem drolligen Wirrwar verschiedener Sprachen ihre Ansichten zum besten gab. Der Geheimrat Papperitz, ein hagerer, etwas klappriger Greis, der sich mit Vorliebe noch das Ansehen eines Schwerenöters und Lebemannes gab, sagte mit einem unbeschreiblich lächerlichen Augenaufschlag:

»Ist ja eine entzückende Errungenschaft, diese junge Frau — fremdländischer Reiz und natürliche, unverdorbene Kindlichkeit — kostbare Mischung, auf Ehre — strömt berückenden Zauber aus — he he — man möchte zwanzig Jahre jünger sein.«

Sanna war im Anfang still und scheu und blickte zuweilen ängstlich in Werners Gesicht, der ihr dann ermutigend zulächelte. Käthe Verhagen verstand es aber, die Scheu der jungen Frau zu bekämpfen und ihr die Unbefangenheit wiederzugeben. Sie wurde von ihrem Mann und Rudolf kräftig unterstützt. Sanna saß zwischen ihren beiden Rittern und wurde bald durch Rudolfs lustige Stimmung angesteckt.

Er machte ihr in seiner übermütigen Weise auf Tod und Leben den Hof, aber so, daß sich jeder von der Harmlosigkeit seiner Bemühungen überzeugen konnte. Auch Sanna selbst verlor jede Beklommenheit vor seinen Schmeicheleien, obwohl sie dieselben nicht gewöhnt war. Sie faßte sie als Scherz auf und erwiderte sie mit drolligen Bemerkungen, die davon zeugten, daß sie schlagfertig und witzig sein konnte.

Werner saß ihr gegenüber an Käthes Seite und mußte immer wieder zu Sanna hinübersehen. Sie trug ein schwarzes Spitzenkleid, welches den schlanken weißen Hals freiließ. Das kastanienbraune Haar hob sich wundervoll dagegen ab. Ihr Lächeln, dessen hinreißendem Zauber sich so leicht niemand entziehen konnte, entzückte ihn immer aufs neue. Wie gebannt starrte er zuweilen auf das Grübchen in ihrer Wange, welches sich beim Lächeln zeigte. Rudolf fing einen solchen Blick auf und sagte neckend:

»Ja, ja, mein lieber Werner, du starrst herüber wie ein Pilger ins gelobte Land. Gelt, du möchtest selbst statt meiner neben deiner Frau Gemahlin sitzen«.

Werner lachte ein wenig gezwungen, aus seiner Versunkenheit aufschreckend. »Ich selbst habe dir deinen Platz neben meiner Frau bestimmt, also ist deine Rede hinfällig.«

Rudolf trank ihm zu.

»Sollst leben, Werner!« Und zu Sanna gewendet, fuhr er mutwillig fort: »Was geben Sie mir, gnädigste Frau Sanna, wenn ich Werner so eifersüchtig mache, daß er seine Reise aufgibt?«

Sanna wurde rot, aber sie verlor die Fassung nicht. Ihr Blick flog zu Werner hinüber.

»Ich gebe nichts dafür«.

»Oh — so wenig?«

»Ja, denn es würde vergeblich sein. Werner würde nicht reisen, wenn es nicht sein müßte. Und was ein Mann tun muß, daran soll man ihn nicht hindern wollen«.

Tante Phines kalte, forschende Augen beobachteten die beiden fast unverwandt. In jedem anderem Fall hätte sie sich maßlos darüber entrüstet, wenn sich Rudolf Raven so angelegentlich mit der Frau eines anderen befaßt hätte, hier aber entsprach es ihren Wünschen, und sie beschloß, Rudolf sehr viel Gelegenheit zu geben, sich mit Sanna zu beschäftigen.

Der feiste, rosige Herr neben Käthe, der schon wiederholt versucht hatte, Sanna in ein Gespräch zu ziehen, forderte sie während des Nachtisches auf, etwas aus ihrer früheren Heimat zu erzählen.

»Ach ja, ach ja«, unterstützte ihn seine Gattin, eine von Seraphines Kränzchenschwestern. »Es muß doch ungeheuer seltsam sein da unten. Ich höre furchtbar gern solche belehrenden Geschichten. Was trägt man eigentlich für Kleidung?«

Sanna blickte zu Werner hinüber und dann in Rudolfs verräterisch zuckendes Gesicht.

»Ich glaube, ich kann nicht gut erzählen«, sagte sie befangen.

»Oh, bitte, da sind wir entschieden anderer Meinung«, sagte der Geheimrat mit einer tiefen Verbeugung und einem neckischen Augenaufschlag. Auch die anderen bestürmten Sanna, und so begann sie zu erzählen von der Farm des

Vaters und den Eingeborenen, von ihren Ausflügen nach Windhuk und von dem Aufenthalt in Swakopmund.

Werner half ihr zuweilen. Sie vermochte sehr wohl ihre Zuhörer zu fesseln und verstand, anschaulich und lebendig zu berichten.

Tante Phine kam jedoch zur Einsicht, daß Sanna durch ihre Erzählungen sich viel zu sehr zum Mittelpunkt der Gesellschaft machte, und hob, als eine kleine Pause eintrat, die Tafel auf.

Die Herren zogen sich zu einer Zigarette zurück, und die Damen plauderten im Salon. Käthe und Sanna standen an der Tür, die zum Garten führte. Sie war offen und ließ die warme, dufteschwere Sommerluft ein.

Sannas Wangen glühten. Sie atmete tief auf. Käthe legte lächelnd den Arm um sie.

»Wie hübsch du erzählt hast, Sanna. Man glaubt es vor sich zu sehen. Du mußt mir noch viel von deiner früheren Heimat erzählen.«

»Das will ich gern tun, liebe Käthe. Dir erzähle ich gern und ohne Scheu, was ich weiß. Vor den anderen Menschen kann ich nicht so sprechen, wie ich möchte.«

»Südwest muß doch eine seltsame Anziehungskraft für uns Deutsche besitzen. So viele suchen es auf. Und deinen Mann zieht es auch wieder dahin, obwohl er dich hier zurückläßt.«

Sanna errötete jäh.

»Weil er seine Forschungen abschließen muß. Ein Mann soll nichts halb tun.«

»Bist du tapfer, Sanna! Bangst du dich nicht um Werner, wenn du ihn wieder in unwirtlichen Gegenden weißt?«

Sanna preßte die Hände zusammen. »Sehr!« sagte sie leise, und ihre Augen schimmerten feucht.

»Und willst du ihn nicht zurückhalten?«

»Das darf ich nicht«, erwiderte Sanna, und ein trauriges Lächeln umspielte ihren Mund.

Käthe zog sie fest an sich. Ein unerklärliches Mitleid bewegte ihr Herz.

»Warum nicht? Es ist doch dein Recht, ihn zurückzuhalten. Sag ihm doch, daß du dich um ihn bangst, dann gibt es sicher die Reise auf.«

»Nein, nein«, erwiderte Sanna hastig und ängstlich abwehrend, »das darf nicht sein. Ich sage das auch sonst keinem Menschen. Nur dir — weil du so gut und freundlich zu mir bist.«

»Auch deinem Ehemann nicht?« fragte Käthe ernst und dringend.

Da schüttelte Sanna den Kopf.

»Ihm — o nein — nie! Und du darfst ihm nicht verraten, was ich dir sagte. Er soll ganz frei sein — ganz frei und keine Rücksicht auf mich nehmen.«

Käthe Verhagen blickte sinnend hinaus in den vom Mond beschienenen Garten, in dem sie so oft in kindlicher Daseinsfreunde mit Werner und dem Bruder herumgetollt war. Ihr ›sechster Sinn‹, mit dem sie von ihrem Mann und Bruder so viel geneckt wurde, verriet ihr wieder einmal manches. Und sie sorgte sich um Werner Rutlands Glück, wie um das der kleinen, lieblichen Sanna.

X.

Tante Phine hatte es nicht übers Herz bringen können, ihrer Freundin Melanie Papperitz das Geheimnis über Werners seltsame Ehe vorzuenthalten. Während sie sich nach dem Abendessen mit ihr in den Erker der Bibliothek zurückgezogen hatte, teilte sie ihrer lieben Melanie »unter dem Siegel strengster Verschwiegenheit« mit, daß Werner und Sanna nur eine Scheinehe führten.

Frau Geheimrat Papperitz schlug die Hände über dem Kopf zusammen. Sie versprach strengstes Stillschweigen, was sie natürlich nicht hinderte, gleich am nächsten Morgen die Runde zu machen bei den übrigen Kränzchenschwestern und jeder, ebenfalls ganz im Vertrauen, haargenau alles zu erzählen.

Nichts verbreitet sich schneller als ein ausgeplaudertes Geheimnis. Noch am selben Tage erfuhr Rudolf Raven davon, und er hörte auch, daß Tante Phine selbst das Gerücht in Umlauf gesetzt hatte. Entrüstet und empört kam er am Abend zu Verhagens und erzählte Schwager und Schwester, was er gehört hatte.

Käthe dachte an ihre Unterredung mit Sanna und seufzte tief auf.

»Das also war es. Nun verstehe ich alles«, sagte sie leise.

Rudolf blickte sie fragend an.

»Glaubst du an diese Scheinehe?«

Käthe nickte ernst.

»Ja, ich ahnte dergleichen. Sannas Verhalten verriet mir Ähnliches.«

Rudolf ging mit finster gekrauster Stirn hin und her.

»Dieser Tante Phine sollte man den Mund verschließen«, stieß er dann wütend hervor. Und vor Schwester und Schwager stehenbleibend, fuhr er fort: »Und dennoch ist Werner in seine süße, kleine Frau verliebt — seine Blicke haben es mir deutlich genug verraten.«

»Ach, wenn du doch recht hättest, Rudolf, dann könnte noch alles gut werden, denn Sanna liebt Werner von ganzem Herzen. Ich lege meine Hand dafür ins Freuer.«

»Ja doch, Käthe, wir wissen ja — dein sechster Sinn«, neckte ihr Gatte.

Sie seufzte.

»Wenn das nur nicht eine so verdammt heikle Angelegenheit wäre«, sagte Rudolf nachdenklich, »dann könnte man Werner ja einmal freundschaftlich auf den Zahn fühlen. Aber dazu müßte man schon die Unverfrorenheit dieser huld- und tugendreichen Seraphine Münzer haben. Streut diese Klatschbase ein so delikates Geheimnis in alle Winde! Wenn Werner das ahnte — er wäre außer sich. Aus welchem Grund auch immer er sie ins Vertrauen gezogen haben mag, an eine derartige Weiterverbreitung hat er sicher nicht gedacht. Natürlich ist Frau Sanna nun der Gegenstand müßigster Neugier. Die arme, kleine Frau, sie wird ohnedies unter Seraphines Zepter nicht wenig zu leiden haben.«

Fritz Verhagen streckte die Arme aus.

»Na, Rudolf, wir werden ihr gegenüber schon unsere Ritterlichkeit erfüllen. Und Käthe ist als Bundesgenosse auch nicht zu verachten.«

Käthe ballte zornig die Fäuste.

»Die soll mir nur die kleine Sanna in Frieden lassen!«

»Hast du nicht bemerkt, daß die edle Dame gestern ganz ungewohnt liebenswürdig zu mir war?« fragte Rudolf plötzlich, als erinnere er sich eben erst daran. »Sie ist doch sonst äußerst ungnädig zu mir. Gestern lud sie mich sogar ein, in Werners Abwesenheit recht oft zu kommen.«

»Das ist allerdings merkwürdig! Sonst war sie doch froh, wenn sie uns nicht sah.«

»Rätsel über Rätsel . . .«

»Vorläufig ist überhaupt nichts zu machen. Werner reist übermorgen ab. Seht ihr ihn noch?« fragte Rudolf und sah auf die Uhr.

»Ja, morgen kommt er mit Sanna noch einmal zu uns.«

»Dann treffe ich ihn vielleicht bei euch. Sonst sagt ihm, daß ich noch bei ihm vorspreche.«

Dann verabschiedete sich Rudolf und ging.

Sannas Hände zitterten unruhig, das Ankleiden wollte heute nicht so schnell vonstatten gehen wie sonst. Und sie geizte doch mit den letzten Minuten, die Werner noch daheim verlebte! Berta half ihr mit ihren flinken, geschickten Händen, und endlich war sie fertig. Schnell ging sie in ihr Wohnzimmer hinüber.

»Guten Morgen, Werner! Verzeih, daß ich dich warten ließ. Wenn ich gewußt hätte, daß du schon wach warst, hätte ich mich früher bereitgehalten.«

Er faßte ihre Hände und sah ihr mit mühsam unterdrückter Erregung ins Gesicht.

»In zwei Stunden reise ich ab, Sanna, und ich wollte noch allerlei mit dir besprechen. Meinen Reiseweg habe ich dir aufgeschrieben, damit du immer weißt, wo mich deine Briefe erreichen können. Sollte irgendeine Änderung eintreten, erhältst du sofort Nachricht. Hier auf dem Tisch liegt der Zettel.«

Sanna griff danach und barg ihn in einer hübschen Schmuckschatulle, die auf dem Schränkchen stand, über dem das Bild von Werners Mutter hing.

»Ich danke dir dafür und werde dir pünktlich Nachricht senden. Du — du tust es doch auch, ja?«

Er trat neben sie.

»Ja, gewiß«.

Sie schwiegen eine Weile. Der Duft ihres Haares stieg zu ihm empor und umschmeichelte seine Sinne. Dann bat er halblaut mit unsicherer Stimme:

»Sanna, gib mir einen Talisman mit auf den Weg!«

Sie sah scheu und unruhig zu ihm auf. Ihr Gesicht war sehr blaß.

Am liebsten hätte er sie in seine Arme genommen, und auf ihren Lippen brannte der angstvolle Ruf: »Laß mich nicht allein, ich habe unsagbar Angst um dich!«

Aber sie bezwangen sich beide.

»Einen Talisman?« fragte sie nur zögernd.

»Ja, Sanna.«

Sie überlegte, was sie ihm geben könnte. Ihr Blick fiel auf das Bild seiner Mutter. Sie atmete rasch und unruhig.

»Am liebsten gäbe ich dir dieses Bild mit, das würde dich sicher schützen vor Not und Gefahr.«

»Es ist zu groß, als daß ich es immer bei mir tragen könnte. Auch möchte ich etwas von dir haben. Von meiner Mutter trage ich schon hier in dieser Kapsel eine Haarlocke — wenn du mir dazu eine von dir geben würdest?«

Sie wurde rot, und auf ihrem Gesicht spiegelte sich ein heißes, seliges Erschrecken.

Werner blickte wie gebannt auf eine goldig schimmernde, widerspenstige Locke, die sich aus den Flechten gestohlen hatte und auf dem weißen Hals lag. Wenn sie mir diese abschneidet — das soll mir ein gutes Vorzeichen sein — für ein gemeinsames Glück mit ihr in der Zukunft, dachte er, so recht töricht wie ein Liebender.

Sanna tastete nach ihrem Haar, und da kam ihr wirklich gerade diese eine Locke in die Hand. Achtlos schnitt sie dieselbe ab und reichte sie ihm.

»Leg sie selbst in die Kapsel — das ist wirksamer«, bat er, heiser vor Erregung.

Dicht mußte sie an ihn herantreten. Der Schmuck war an seiner Uhrkette befestigt. Ihre Finger kamen nicht schnell mit dem Werk zustande, immer wieder schlüpfte die Locke aus der goldenen Kapsel. So standen sie eine lange Weile dicht nebeneinander, und er mußte die Zähne zusammenbeißen, um ihr nicht zu sagen, wie schwer ihm der Abschied von ihr wurde und wie gern er bleiben möchte, wenn sie es haben wollte.

Plötzlich aber kam ihm ein Gedanke, der ihn ruhig machte: »Wenn sich ihr Herz für dich erschließen soll, wird es auch geschehen, wenn Tausende von Meilen zwischen euch liegen. Und keimt in ihrem Herzen eine Neigung für dich, so wird sie sich entwickeln, wird wachsen und stärker werden, auch wenn du fern bist. Sie ist kein Kind des Augenblicks. Ihr Herz hält fest, was es einmal gefaßt hat.«

Die Erregung und Spannung wich aus seinen Zügen, und ihm wurde freier ums Herz.

Sanna hatte die Locke geborgen und die Kapsel geschlossen.

»So — nun ist's geschehen«, sagte sie aufatmend. Er küßte ihre Hand.

»Ich danke dir. Nun nehme ich etwas Lebendiges mit von dir. Weißt du, daß deine Gedanken nun gezwungen sein werden, mir zu folgen?«

»Sie würden dich ohnedies auf deiner Reise begleiten.«

»Wirklich, Sanna?«

Sie sah mit feuchtschimmernden Augen zu ihm auf.

»Wie kannst du fragen? Du bist doch der einzige Mensch auf der Welt, der zu mir gehört. Ohne dich bin ich ein losgelöstes Blatt im Winde.«

Und die Hände auf die Brust pressend, fuhr sie fort, mit dem Mut, den ihr die Angst eingab:

»Ich bitte dich — ja, ich bitte dich sehr, daß du mir Schutz und Schirm bist, ich — ach — ich wäre sehr unglücklich, wenn dir ein Leid zustieße.«

Da zog er sie sanft an sich und küßte ihre Augen.

»Ich will immer daran denken, Sanna — immer — und mich nicht ohne Not in Gefahr begeben. Aber selbst, wenn das Schlimmste geschähe — noch über den Tod hinaus würde ich dich schützen. Mein letzter Wille liegt verbrieft und versiegelt bei Gericht; für deine Zukunft ist gesorgt.«

Der Schmerz riß sie fort, sie dachte in diesem Augenblick nicht daran, daß sie seine Freiheit nicht beschränken wollte.

»Was soll mir eine Zukunft, in der ich dich nicht finde!« rief sie schmerzlich und halb erstickt.

Es ging wie ein Ruck durch seine Gestalt. Diese Worte erfüllten seine Seele mit frohem Hoffen. Das war mehr als leerer Schall. Er fühlte, in diesen Worten lag das Gefühl starker Zusammengehörigkeit.

»So laß uns hoffen auf eine gemeinsame Zukunft, in der es keine Trennung mehr geben wird«, sagte er bewegt.

Die Angst verlieh ihr noch mehr Mut.

»Darf ich dich jetzt nicht begleiten?«

Er riß sich von ihrem Anblick los und trat zurück.

»Nein, du mußt hierbleiben, mußt noch viel lernen, während ich fort bin. Wenn ich heimkomme, wirst du dich inzwischen hier eingelebt und den Verhältnissen angepaßt haben. Nicht wahr, du wirst fleißig und vernünftig sein?«

Ehe sie antworten konnte, öffnete sich die Tür, und Seraphine trat ein. Ihr forschender Blick streifte die beiden jungen, unruhigen Gesichter.

»Es ist höchste Zeit zum Frühstück, Werner, sonst kommst du zu spät zum Bahnhof.«

Werner legte mit warmem Druck Sannas Hand auf seinen Arm.

»Komm, Sanna!«

Gleich nach dem Frühstück fuhren sie zum Bahnhof. Seraphine ließ das junge Paar nicht einen Augenblick mehr allein. So kam es zu einem ruhigen, gemessenen Abschied. Werner küßte den Damen die Hand und im letzten Augenblick noch Sannas Stirn.

Der Zug fuhr ab. Sanna und Werner blickten sich lange und unverwandt in die Augen. Dieser letzte Blick erfüllte Werner mit froher Hoffnung und Sanna mit einem unruhigen, zweifelnden Sehnen.

Wie Blei waren ihre Füße, so schwer lösten sie sich vom Boden. Stumm und elend im Herzen schritt sie neben Tante Phine durch das Bahnhofsgebäude zu dem harrenden Wagen. In dem Augenblick aber, da sie hinter der alten Dame einsteigen wollte, kam ein zierliches kleines Gefährt. Es hielt dicht neben dem Rutlandschen Wagen. Der Schlag wurde geöffnet, und Käthe Verhagen sprang heraus.

»Glücklich abgepaßt!« rief sie Sanna lachend zu und machte eine scherzhafte tiefe Verbeugung vor Tante Phine, die sehr ärgerlich war und den Gruß steif erwiderte. »Ich will dich nämlich entführen, damit du deinem Trennungsschmerz nicht allein überlassen bist.«

»Sie vergessen, daß ich in Sannas Gesellschaft bin, Frau

Verhagen«, bemerkte Tante Phine spitz, während Sannas Auge wie neu belebt an Käthes schönen, freundlichen Zügen hing.

»O nein, verehrtes gnädiges Fräulein, wer würde sich erlauben, Sie zu vergessen! Aber ich bin eben Frau Geheimrat Papperitz begegnet, die auf dem Weg zu Ihnen war. Sie werden sie sicher daheim antreffen. Und da wäre doch meine liebe, kleine Sanna sich selbst überlassen. Also, komm, Sanna, mach dem gnädigen Fräulein einen Knicks — mein gnädiges Fräulein, auf recht baldiges Wiedersehen, ich komme vielleicht schon morgen ins Haus Rutland, um Sanna Gesellschaft zu leisten.«

So sprudelte sie lustig hervor. Sanna behielt kaum Zeit, sich von Tante Phine zu verabschieden. Käthe zog sie mit zu ihrem Wagen. Noch einen ängstlichen Blick warf Sanna in Tante Phines versteinertes Gesicht. Dann saß sie mit einem warmen, geborgenen Gefühl neben Käthe im Wagen.

»So, mein Schatz, für diesmal habe ich dich glücklich losgeeist. Ich hätte es ja nicht übers Herz gebracht, dich heute mit Fürstin Seraphine allein zu lassen.«

Zärtlich legte sie den Arm um die junge Freundin, und ihre traurigen Augen betrachtend, fuhr sie leise mit warmem Ausdruck fort:

»Jetzt wein dich nur erst aus, Sanna, ich weiß, daß du dich danach sehnst.«

Und da barg Sanna schluchzend das Gesicht an Käthes Brust.

XI.

Eines Tages — es war über ein Vierteljahr seit Werners Abreise vergangen — erschien Käthe zu ungewohnter Zeit, Sanna zu besuchen. Sie suchte die junge Frau immer in ihren Zimmern auf, wenn sie ein Stündchen mit ihr plaudern wollte. Als sie, dem Diener, der sie melden wollte, freundlich, aber bestimmt abwinkend, die Treppe hinaufstieg, kam ihr von oben Tante Phine entgegen.

Käthe begrüßte sie in der vergnügt scherzhaften Art, die sie immer für »Fürstin Seraphine« hatte, und wollte an ihr vorbeigehen. Diese hielt sie jedoch mit einem etwas unsicheren Gesicht zurück und sagte ihr, es sei besser, wenn sie Sanna nicht besuche, da diese sich nicht recht wohl fühle. Etwas in Seraphines Gesicht machte Käthe stutzig.

»Ei, so muß ich sie erst recht besuchen und sie ein wenig zerstreuen«, erwiderte sie unbeirrt.

Tante Phine machte ein sehr ungehaltenes Gesicht.

»Sie haben immer sehr starke Nerven gehabt, Frau Verhagen, und können sich vielleicht nicht denken, daß zarter besaitete Naturen allein zu sein wünschen, wenn sie krank sind.«

Käthe nickte vergnügt.

»Gott sei Dank, meine Nerven sind noch genauso stark wie früher, gnädiges Fräulein, und Sanna ist gottlob auch ein unverfälschtes Naturkind, dem der Begriff ›feinfühlige Nerven‹ völlig abgeht. Ich wette mit Ihnen, daß sie sich freut, mich zu sehen.«

Tante Phine warf einen giftigen Blick in das schöne

Frauengesicht und suchte nach einem neuen Grund, Käthe zum Rückzug zu bewegen. Diese ging aber mit raschen Schritten die Treppe vollends hinauf und machte von oben eine äußerst höfliche Verbeugung.

Käthe fand Sanna in Tränen. Bestürzt nahm sie die junge Frau in die Arme.

»Kleinchen, was ist dir denn? Bist du wirklich krank, oder hat dir Fürstin Seraphine etwas zuleide getan?«

»Nein, krank bin ich nicht«, antwortete Sanna, sich mühsam fassend.

Käthe ballte zornig die Hand.

»Also hat sie dir weh getan?«

»Nein, nein«, wehrte Sanna verlegen ab.

Käthe setzte sich zu ihr und sah sie forschend an.

»Du lehrst mich doch Tante Phine nicht kennen. Ihr Gesicht verriet mir schon nichts Gutes, und ein böses Gewissen hatte sie auch, sie wollte mich nicht zu dir lassen. Nun beichte mal, Schatz: Was hat es gegeben?«

»Oh, ich selbst bin schuld daran, Käthe. Tante Phine hat ihre Not mit mir. Ich habe wieder allerhand Verstöße gegen den guten Ton begangen, vor allem bin ich nicht ehrerbietig genug gegen Frau Geheimrat Papperitz gewesen. Wirklich — Tante Phine hatte recht, mich zu schelten.«

Käthe nahm Sanna lachend in die Arme.

»Ach, du törichtes Kleinchen, wie kannst du über eine Moralpauke von Tante Phine weinen! Laß sie doch reden, und weine dir nicht die Äuglein rot. Solche Leute wie sie darf man nicht so ernst nehmen. Dein Mann tut das auch nicht, das weiß ich.«

Sanna seufzte und trocknete sich die Augen.

»Aber, Käthe, sie hat ja recht, wenn sie mich schilt, das ist das Schlimmste. Ich kann einfach nicht gegen Menschen liebenswürdig sein, wenn mich mein Herz nicht dazu drängt. Und — dir will ich's gestehen — die Geheimrätin ist mir so schrecklich zuwider, und der Geheimrat, der ist mir geradezu verhaßt — ja, so schlecht bin ich!«

»Ach was, er ist ein würdeloses Ekel und sie eine falsche, heuchlerische Person. Es spricht nur für dein gesundes und lauteres Empfinden, wenn du solche Menschen nicht leiden magst. Mir sind sie ebenfalls unausstehlich, und ich gehe ihnen aus dem Weg, soweit ich kann.«

Sanna seufzte.

»Das möchte ich auch tun.«

»Nun, dann tu es doch.«

»Das geht ja leider nicht. Sie sind täglich hier im Haus, um Tante Phine zu besuchen.«

»Nun, so überlaß sie ihrer Busenfreundin. Du mußt sie doch nicht empfangen, wenn sie dir zuwider sind.«

»Aber sie nehmen doch fast täglich den Tee mit uns ein, wie soll ich da ausweichen?«

»Sehr einfach, indem du den Tee auf deinem Zimmer nimmst.«

»Das darf ich nicht.«

»Wer verbietet es dir?«

»Tante Phine.«

»Dann geh aus um diese Zeit.«

»Das darf ich auch nicht.«

»Darfst du nicht? Aber, Sanna!«

»Nun ja, ich muß doch den Tee bereiten und ihn servieren.«

Käthe sprang plötzlich auf und stellte sich kampfbereit vor Sanna hin.

»Das eine ›darfst du nicht‹, und das andere ›mußt‹ du! Kindchen, mir scheint, du hast dich schon ganz unter Tante

Phines Joch gebeugt. Du, das geht so nicht weiter, das dulde ich nicht. Umsonst hat mich Werner nicht zu deinem Schutz bestellt. Närrchen du, mach dir doch mal klar, daß du hier im Haus die Herrin bist und nicht Tante Phine. Wenn sie Menschen empfängt, die dir unangenehm sind, so hättest du ein Recht, dir das wenigstens in deiner Gegenwart zu verbitten. Keinesfalls aber kann sie dich zwingen, die Gesellschaft solcher Menschen zu ertragen.«

»Ach, das würde doch gegen den guten Ton verstoßen.«

Käthe lachte hell auf.

»Puh, mit dem guten Ton wirst du armes Kind geschreckt? Nun laß dir damit nicht bange machen, meine kleine Sanna. Sag Tante Phine in aller Ruhe und Bestimmtheit, daß dir Geheimrats unerträglich sind und daß du, um ihren Gästen nicht unliebenswürdig begegnen zu müssen, vorziehst, künftig den Tee auf deinem Zimmer einzunehmen.«

Sanna hob erschrocken abwehrend die Hände.

»O nein, das wage ich mich nicht zu sagen, Tante Phine wäre außer sich.«

Käthe strich ihr über das lockige Haar.

»Kleines, es war höchste Zeit, daß ich hinter die Tyrannei kam, die sie an dir ausübt. Wie hätte ich sonst vor Werner bestehen sollen nach seiner Rückkehr. Mut, du kleiner, lieber Wildling! Wirst doch nicht vor Tante Phine die Segel streichen.«

Sanna lachte leise, und Käthe umarmte sie herzlich, ehe sie fortfuhr: »Wann pflegt ihr denn den Tee einzunehmen?«

»Um fünf Uhr.«

»Schön. Nun hört gut zu. Wir haben doch bis jetzt jeden zweiten Tag vormittags eine Stunde gemeinsam musiziert.«

»Ja, das heißt, du warst so freundlich, mich zu meinen Volksliedern zu begleiten.«

»Und ich will dir nur eben sagen, daß ich leider vormittags anderweitig beschäftigt bin.«

Sanna sah betrübt aus.

»Oh, wie schade!« Käthe lachte.

»Ja, mein Tag ist so unglaublich ausgefüllt, daß ich nur noch ab fünf Uhr Zeit für dich habe — sagen wir von fünf bis sieben. Außerdem meint dein Gesangslehrer — ich werde mich nachher gleich darum kümmern, daß er es meint —, daß du unbedingt jeden Tag mit mir üben mußt. Du wirst dich also jeden Nachmittag Punkt fünf Uhr bei uns einfinden.«

Sanna fiel Käthe um den Hals.

»Ach, Käthe, liebe Käthe, wenn ich dich nicht hätte, ich glaube, ich hielte es gar nicht länger hier aus.«, sagte Sanna plötzlich mit leidenschaftlicher Heftigkeit.

Käthe streichelte ihre Wange.

»Mein armes, kleines Wildvöglein, ich könnte deinem Mann zürnen, daß er dich in den fremden Verhältnissen allein gelassen hat.«

Sanna schüttelte den Kopf.

»Nein, nein, zürne ihm nicht, du weißt ja nicht, was ihn fortgetrieben hat. Es mußte sein; ich — oh, ich verstehe, daß es ein mußte. Er ist so gut. Daß ich eine Heimat habe — ich meine —, deshalb hat er mich hierhergebracht. Ich kann dir das nicht alles so erklären, aber glaube mir, ihn trifft keine Schuld.«

Käthe hätte aus diesen etwas unklaren, verwirrten Worten wohl kaum klug werden können, wenn sie nicht durch Tante Phines Vertrauensbruch die Erklärung dafür gehabt hätte. Sie blickte mit herzlicher Teilnahme in das liebe, junge Gesicht der Freundin und sagte zart und leise:

»Du hast ihn sehr, sehr lieb, deinen Mann, nicht wahr?«

Sanna legte die Hand aufs Herz und wurde tiefrot. Aber sie blickte Käthe offen an und sagte innig:

»So lieb wie keinen anderen Menschen auf der Welt, nie könnte ich jemand mehr lieben als ihn.«

Käthe drückte sie fester an sich. Ihre Augen strahlten.

»Hast du kürzlich Nachricht von Werner bekommen?«

»Ja, gestern erhielt ich einen Brief von ihm. Er ist gesund, und es geht ihm gut. Wie es mir geht, fragt er auch, und ob ich mich wohl und glücklich fühle.«

»Hast du ihm schon geantwortet?«

Sanna nickte heftig.

»Ich antworte ihm immer sofort.«

»Und hast du dich über Tante Phine beklagt?«

»Um Himmels willen nein! Er würde sich ja beunruhigen. Und er hat mir ja auch gesagt, ich soll Tante Phine nicht ernst nehmen, soll sie reden lassen und tun, was mir gefällt.«

»Nun siehst du wohl, du ungehorsame Frau, weshalb tust du nicht, was er dir sagt?«

Sanna lachte verlegen.

»Aber jetzt muß ich dich verlassen, Sanna, weil ich Tante Phine noch einen Besuch machen muß. Also morgen um fünf, auf Wiedersehen! Und pünktlich sein, Kleines.«

Sie verabschiedeten sich herzlich, und Sanna begleitete Käthe bis zur Treppe.

Tante Phine empfing Käthe in der Bibliothek, wo sie in ihrem Sinnierwinkel saß. In ihren eigenen Zimmern war es ihr nicht vornehm genug, deshalb hielt sie sich meist in den unteren Räumen des Hauses auf.

»Ich wollte nicht unterlassen, mich von Ihnen zu verabschieden, gnädiges Fräulein. Erfreulicherweise fühlt sich

Sanna schon etwas wohler, aber ich wollte mich doch nicht zu lange bei ihr aufhalten, damit ihr Kopfweh nicht wieder schlimmer wird«, sagte Käthe scheinbar völlig unbefangen.

Seraphine warf ihr einen forschenden Blick zu. Hatte Sanna geplaudert, oder glaubte die Besucherin an ihr Kopfweh? Ohne sich indes aus ihrer hoheitsvollen Ruhe bringen zu lassen, zeigte sie einladend auf einen Sessel.

»Sanna leidet doch wohl etwas unter dem Klimawechsel«, sagte sie kühl.

»Meinen Sie? Na, hoffentlich ist ihr Kopfweh bis morgen verschwunden, denn morgen haben wir unsere musikalische Übungsstunde. Ich freue mich immer darauf. Sanna singt wirklich entzückend. Wenn sie erst noch etwas mehr geschult ist, müssen wir Ihnen einmal abends vormusizieren.«

Seraphine machte ein Gesicht, als habe sie auf einen Zitronenkern gebissen.

»Meine Nerven sind leider zu empfindlich, um mir einen solchen Genuß zu gestatten. Wenn Sanna ihre Klavierübungen macht, muß ich mich immer auf mein Zimmer zurückziehen.«

Käthe lachte.

»Übrigens kam ich heute her, um Sanna zu melden, daß ich leider unsere Übungsstunden auf den Nachmittag verlegen muß. Ich habe sie gebeten, zwischen fünf und sieben zu mir zu kommen.«

Seraphine richtete sich hoch auf.

»Sanna kann aber unmöglich um diese Zeit kommen, das hat sie Ihnen hoffentlich gesagt?«

»Allerdings meinte sie, daß Sie um fünf gemeinsam den Tee einnehmen. Aber das hindert uns nicht — Sanna trinkt eben bei mir ihren Tee.«

Seraphines Finger trommelten unruhig auf der Tischdecke.

»Es ist trotzdem unmöglich, unsere lieben Freunde, Geheimrat Papperitz und Frau Gemahlin, sind meist zum Tee unsere Gäste.«

Käthe erhob sich und machte ein sehr erfreutes Gesicht.

»Ah, das trifft sich ja herrlich, dann sind Sie wenigstens nicht allein. Dann ist ja alles in schönster Ordnung. Sanna hat mir auch schon ihr pünktliches Erscheinen zugesagt. Aber nun muß ich mich beeilen, mein Mann erwartet mich. Leben Sie wohl, gnädiges Fräulein, auf Wiedersehen!« sagte sie schnell, so daß Tante Phine gar nicht zu Wort kommen konnte. Und ehe die alte Dame eine Entgegnung fand, war sie schon zur Tür hinaus.

Tante Phine ging nun, hochrot vor Empörung, zu Sanna hinauf und hielt ihr eine Strafpredigt, daß sie Käthes Verlangen nicht abschlägig beschieden hatte.

Aber Käthes Worte waren doch nicht erfolglos verhallt. Statt wie sonst in Tränen auszubrechen, nachdem Tante Phines Zorn sich entladen hatte, atmete Sanna heute nur auf, nachdem diese das Zimmer verlassen hatte, und um ihren Mund huschte sogar ein leises Lächeln.

Am nächsten Nachmittag traf Sanna pünktlich bei Verhagens ein.

»Ist's gutgegangen, Schatz? Hat dich Fürstin Seraphine nicht in Ketten und Banden zu legen versucht?« fragte Käthe zärtlich besorgt.

Sanna lachte.

»Versucht hat sie's wohl. Aber ich hatte schrecklich viel Mut.«

»Bravo! So gefällst du mir. Und nachdem jetzt der Anfang gemacht ist, wird es schon besser gehen. Jetzt plaudern wir erst gemütlich, bis Fritz und Rudolf kommen. Sie finden es großartig, daß wir um diese Zeit musizieren wollen, weil sie dann von Geschäften frei sind und zuhören können. Rudolf hat seine helle Freude daran, daß ich dich Tante Phines strengem Regiment entrissen habe.«

Die beiden Herren trafen nach etwa einer Viertelstunde ein. Fritz brachte Blumen für die beiden Damen mit und Rudolf allerlei Naschwerk.

»Wir müssen Ihre Befreiung feiern, Frau Sanna. Fritz bestreut Ihnen den Weg zur Freiheit mit Blumen, ich pflastere ihn mit Pralinen; daß Sie eine Schwäche dafür haben, ist mir bekannt«, sagte Rudolf, ihr die Hand küssend.

Sanna dankte ihm lächelnd.

Diesen drei Menschen gegenüber fühlte sie weder Scheu noch Befangenheit.

»Müssen Sie mir denn so deutlich zeigen, daß ich ein Naschkätzchen bin?« fragte sie scherzend.

»Nun, Sie haben die vollste Berechtigung, es zu sein. Wer sich in seiner Kinderzeit niemals den Magen an Süßigkeiten verdorben hat, der muß das später nachholen — Verzeihung, ich meine natürlich nur das Naschen.«

Fritz Verhagen hatte, nachdem er seine Frau zärtlich begrüßt hatte, Sannas Hand an die Lippen gezogen und sah ihr mit lächelndem Wohlgefallen ins Gesicht.

»Frau Sanna, Sie werden schöner mit jedem Tag und erblühen wie eine Rose. Ich darf Ihnen das als verheirateter Mann schon sagen, nicht wahr?«

Sanna schüttelte schelmisch den Kopf.

»Nein, Sie sollen mir keine Schmeicheleien sagen.«

»Bitte — schelten Sie ihn noch mehr aus, Frau Sanna. Was der sich immer herausnimmt im Vertrauen auf seinen Ehering — scheußlich. Unsereiner darf höchstens . . .«

»Einen Scherz über einen verdorbenen Magen machen, lieber Rudolf. Das hast du ja nun glücklich getan«, neckte Käthe den Bruder.

Er drohte ihr.

»Du sei ganz still, du bist Partei. Aber was dein Mann kann, das kann ich auch. Frau Sanna, Sie werden wirklich schöner mit jedem Tag.«

Sanna hielt sich die Ohren zu.

»Jetzt werden keine Komplimente mehr gemacht; erstens wird Sanna sonst nur eitel, und zweitens wollen wir jetzt Tee trinken. Drittens und letztens aber werde ich eifersüchtig, wenn Fritz noch länger so bewundernd in ihr Gesicht blickt«, schnitt ihm Käthe das Wort ab.

»Ach Käthe, ich möchte dich zu gern einmal eifersüchtig sehen«, sagte Fritz Verhagen vergnügt.

Sie zog ihn am Ohrläppchen.

»Nimm dich in acht!« drohte sie.

Er haschte nach ihrer Hand und drückte einen Kuß auf die rosige Innenseite. Dabei sahen sie sich mit leuchtendem Glück in die Augen.

Sanna sah diesen Blick schrankenlosen Vertrauens und inniger Hingabe. Ein wehes Gefühl stieg für einen Augenblick in ihr empor. Sie mußte ihre eigene Ehe mit der Käthes vergleichen. Aber schnell wehrte sie diesen Gedanken ab. Sie durfte keine Vergleiche ziehen, wenn sie nicht mutlos in die Zukunft blicken wollte. Nachdem man den Tee eingenommen hatte, wurde musiziert. Sanna sang einige Lieder, und Käthe begleitete sie einfühlsam. Die beiden Herren hörten mit Vergnügen zu.

Nur zu schnell verging die Zeit, und Sanna mußte nach Hause zurück. Rudolf begleitete sie. Ihm war nämlich der Auftrag erteilt worden, Tante Phine mitzuteilen, daß Sanna nun jeden Tag um fünf Uhr zu Verhagens gehen würde — weil der »Gesangslehrer« eine tägliche Übungsstunde der beiden Damen für notwendig hielt und weil Käthe keine andere Zeit dafür erübrigen konnte.

Als die beiden ins Haus traten, stand Tante Phine in der Tür zum Gesellschaftszimmer. Sie wandte sich ihnen zu und sah ihnen mit einem lauernden, forschenden Blick entgegen.

»Ach, wie liebenswürdig, Herr Raven, Sie haben Sanna begleitet. Sie bleiben doch noch ein Weilchen und leisten uns Gesellschaft«, sagte sie mit auffallender Freundlichkeit.

Rudolf küßte ihr die Hand.

Man nahm Platz. Kaum hatte Tante Phine jedoch einige, für ihre Veranlagung sehr freundliche Worte mit Rudolf gewechselt, als sie sich plötzlich erinnerte, noch einige Anordnungen im Haushalt treffen zu müssen. Sie entschuldigte sich wortreich und ließ Sanna mit Rudolf allein mit dem Versprechen, gleich wiederzukommen.

Es verging jedoch eine lange Zeit, ohne daß sie zurückkehrte. Rudolf hatte ihr mit einem gespannten, forschenden Blick nachgesehen. Es war ihm schon einige Male aufgefallen, daß ihn Tante Phine fast stets unter irgendeinem Vorwand mit Sanna allein ließ. Im Gegensatz zu ihrer sonstigen Sprödigkeit war dies Verhalten auffällig — so auffällig, wie ihre plötzlich für ihn an den Tag gelegte Freundlichkeit. Er wußte nicht, wie er sich das erklären sollte, aber ganz entschieden erfüllte ihn ihr Verhalten mit einigem Mißtrauen.

Sanna schien es nicht aufzufallen. Sie plauderte harmlos und unbefangen mit ihm. Bei ihrer Unerfahrenheit war das verständlich. Rudolf aber blieb nachdenklich, und als Seraphine endlich zurückkehrte, bemerkte er ein falsches Flimmern in ihren kalten Augen.

Er tat jedoch klugerweise ganz harmlos und plauderte noch eine Weile mit den beiden Damen.

Im Laufe des Gesprächs sagte er dann:

»Frau Sanna soll ja nun, wie ihr Gesangslehrer befohlen hat, jeden Tag mit meiner Schwester üben. Die Damen machen gute Fortschritte. Und da meine Schwester nur die Stunden von fünf bis sieben frei hat und die Damen die Übungsstunden täglich auf diese Zeit verlegen, können wir, mein Schwager und ich, wenigstens zuweilen die dankbaren Zuhörer spielen.«

Seraphine fuhr mit einem entrüsteten Blick auf Sanna auf.

»Oh, das geht aber auf keinen Fall. Ich habe Ihrer Frau Schwester bereits gesagt, daß diese Zeit uns gar nicht paßt. Sanna weiß doch auch, daß wir zur Teestunde stets Besuch haben.«

Sanna nahm allen Mut zusammen. Rudolf blickte sie an, als wollte er sagen: Jetzt gilt's — nun Farbe bekennen! Sanna verschränkte die Hände fest ineinander, als suche sie einen Halt, und sagte möglichst ruhig:

»Liebe Tante Phine, der Besuch von Herrn und Frau Geheimrat gilt doch dir und nicht mir. Es ist für mich sehr wichtig, mit Frau Verhagen fleißig zu üben, ihr verständnisvolles Urteil fördert mich sehr. Ich möchte doch, daß Werner mit meinen Studien zufrieden ist, wenn er heimkommt. Deshalb habe ich Frau Verhagen fest zugesagt, jeden Tag zwischen fünf und sieben Uhr bei ihr zu sein.«

Rudolf blickte ihr beifallspendend in die Augen, als sie nun aufatmend, wie nach einer schweren Arbeit, schwieg.

»Sehen Sie, gnädiges Fräulein, Frau Rutland wünscht es dringend, und da brauchen wir wohl kein Wort mehr darüber zu verlieren.«

Tante Phine war zunächst sprachlos vor Empörung. Mit scharfen, stechenden Blicken musterte sie erst Rudolf, dann Sanna. Sie war klug genug einzusehen, daß man sich gegen sie verschworen hatte. Die Wut darüber erstickte zunächst jedes Wort in ihr. Rudolf lachte heimlich über Seraphines Ringen um Fassung und plauderte scheinbar unbefangen mit Sanna noch eine ganze Weile über ein neues Buch, das er ihr zum Lesen empfohlen hatte, ehe er ging.

Es war Tante Phine klar, daß Käthe Verhagen und wahrscheinlich auch ihr Bruder hinter Sannas plötzlich erwachtem Widerstand zu suchen waren. Da jedoch Rudolf Raven in ihren Plänen eine Rolle spielte und sie von ihm sozusagen Hilfe erhoffte, entlud sich ihr ganzer Zorn über Käthe allein. Sicher hatte sie Sanna aufgewiegelt, denn diese war viel zu unselbständig, um sich aufzulehnen. Aber diese Käthe Verhagen sollte sich in acht nehmen. Es gab ja gottlob Waffen, die man gegen sie gebrauchen konnte, wenn es nötig sein sollte. Freilich — vorläufig durfte sie es nicht zum Bruch kommen lassen! Rudolf Raven schien Sanna nicht wenig zu fesseln, und diese zeigte ihr Wohlgefallen an dem hübschen, stattlichen Mann ganz unverhohlen. Das mußte man unterstützen. Je mehr sich Sanna hier als Herrin aufspielte, desto eifriger mußte man dahin wirken, daß ihre Scheinehe mit Werner nie eine wirkliche Ehe wurde. Seraphine blieb stehen und sah vor sich hin. Finstere Gedanken gingen durch ihren Kopf.

Sollte sich aber zwischen Rudolf Raven und Sanna kein Band knüpfen lassen, das Werner freimacht, dann wird mir Käthe Verhagen das Mittel liefern, diese unvernünftige Ehe zu trennen. Diese Waffe werde ich klug bis zuletzt in Bereitschaft halten. Koste es, was es wolle: Sanna muß wieder aus dem Haus — ich will keine Herrin über mir, noch neben mir haben!

So dachte sie, und ihre Augen blitzten gehässig auf.

Sehr bald sollte Seraphine merken, daß sich Sanna mehr und mehr von ihrem Einfluß freimachte. Sie fing an, selbständig über sich zu verfügen. In ihren eigenen Angelegenheiten gab sie der Dienerschaft persönliche Befehle, nicht wie sonst durch Tante Phines Mund. Auch begann sie, ohne vorherige Besprechung, selbst kleine Einkäufe zu machen und kleidete sich nach ihrem Geschmack. Natürlich war ihr Käthe in all diesen Dingen eine freundliche und kluge Ratgeberin. Sie stärkte Sannas eigenen Willen durch vernünftiges Zureden und focht zuweilen selbst einen vergnüglichen kleinen Kampf mit Seraphine aus. Eines Tages — es waren schon Monate seit jenem ersten Auflehnungsversuch vergangen — lud sich Sanna auch selbst einige ihr angenehme Gäste ein und informierte Tante Phine nur, als nichts mehr daran zu ändern war.

Tante Phine schäumte vor verbissenem Grimm, und ihr Haß wuchs gegen Sanna und Käthe in gleichem Maße. Trotzdem brachte sie es fertig, »der guten Sache wegen« all diese »Widerwärtigkeiten« mit großer Selbstbeherrschung zu ertragen. Sie brachte es sogar über sich, Käthe Verhagen gegenüber die liebenswürdige Wirtin zu spielen, denn natürlich waren Verhagens und Rudolf unter Sannas Gästen.

Auch Sanna gegenüber enthielt sich Seraphine anscheinend jeder Feindseligkeit und begnügte sich damit, ergebungsvoll die Augen gen Himmel zu heben, wenn diese »ihre Güte mit schwarzem Undank lohnte«.

Werner erfuhr nichts von diesem heimlichen Kampf in

seinem Haus. Sanna erwähnte nichts davon in ihren Briefen, und Seraphine hütete sich, etwas davon zu berichten, weil sie im voraus wußte, daß Werner auf Sannas Seite sein würde. Aber der heimliche Groll nagte wie fressendes Gift an ihr, und all ihr Sinnen und Denken kreisten um den einen Punkt, wie sie Sanna aus dem Hause treiben konnte.

Inbrünstig hoffte sie, daß sich zwischen Rudolf und Sanna eine Liebelei entwickeln würde. Sie erfand allerlei Gelegenheiten, die beiden allein zu lassen, und belauschte sie dann voll brennender Begier, sie bei einer verborgenen Zärtlichkeit zu ertappen. Dann wollte sie dazwischentreten, um die Ehre des Hauses zu wahren, und dann sollte Werner unverzüglich erfahren, daß es Zeit sei, seine Gattin freizugeben, damit sie sich mit Rudolf Raven verbinden konnte.

Monat um Monat verging, und Tante Phine war ihrem Ziel noch nicht nähergekommen, trotz aller Ungeduld.

Nachdem das Trauerjahr um ihren Vater abgelaufen war, hatte Sanna die Trauerkleider abgelegt. Käthe machte sie nun darauf aufmerksam, daß sie sich völlig neu ausstatten müsse.

Sanna erklärte deshalb Tante Phine, daß sie, wie Werner es gewünscht hatte, nach Berlin reisen wolle, um sich einige neue Kleider zu kaufen.

»Frau Verhagen hat ebenfalls Einkäufe in Berlin zu machen, und ich werde mich ihr anschließen.«

Seraphine setzte ihre abwehrende Miene auf.

»Frau Verhagen ist kein ausreichender Schutz für dich, sie braucht selbst noch eine Anstandsdame. Oder begleitet euch etwa einer der beiden Herren?« fragte sie lauernd.

»Nein.«

»Nun, dann werde ich selbstverständlich mitkommen. Es

wäre sicher nicht in Werners Sinn, ließe ich dich ohne ausreichenden Schutz nach Berlin reisen. Dort sind junge Frauen ziemliches Freiwild.«

Sanna seufzte verstohlen. Sie hatte sich wie ein Kind auf diese Reise mit Käthe gefreut. Nun war ihr diese Freude einigermaßen vergällt. Als sie am Nachmittag Käthe mit betrübter Miene meldete, daß Tante Phine mitkommen würde, lachte diese fröhlich auf.

»Fürstin Seraphine als unser Anstandswauwau, Schatz, das ist ja ein köstlicher Spaß. Da werden wir auf keinen Fall gestohlen, kleine Frau. Sei doch vergnügt, es ist ja ganz gut, daß sie auf uns aufpaßt. Was meinst du wohl, wie untertänig man uns überall entgegenkommt, wenn sie uns mit ihrer fürstlichen Würde die Wege ebnet.«

»Aber man kann doch kein bißchen vergnügt sein, wenn sie dabei ist«, meinte Sanna betrübt.

»Warum kann man nicht, Kleines? Steckt immer noch ein Rest Abhängigkeitsgefühl in deinem Herzen? Gerade erst recht werden wir vergnügt sein. Nur nicht bange machen lassen.«

Und so saßen dann die drei Damen einige Tage später zusammen im Zuge.

In Berlin wohnten sie auf Sannas Wunsch in demselben feinen Haus, in dem sie damals mit Werner Aufenthalt genommen hatte. Der Pförtner erkannte sie sofort wieder und bemerkte, daß die gnädige Frau dasselbe Zimmer wie damals wiederhaben könne. Käthe verlangte für sich ein Zimmer neben dem Sannas und ließ den Schrank, der die Verbindungstür verstellte, entfernen, so daß sie diese nach Belieben offenhalten konnten.

Tante Phine mußte einige Zimmer weiter untergebracht werden, obwohl sie unbedingt direkt neben den beiden

Damen wohnen wollte. Grollend zog sie ab. Käthes Lachen folgte ihr.

Am Abend besuchten die Damen die Oper. Aber Käthe sah von der Vorstellung nicht viel. Sie mußte nur immer in Sannas begeistert glühendes Gesicht blicken.

Wenn Werner sie so hätte sehen können! Wie schön, wie entzückend schön war dies junge, holde Geschöpf, wie herrlich hatte sie sich in einem Jahr entfaltet.

Am nächsten Morgen begannen die Damen mit ihren Einkäufen. Mit Groll im Herzen mußte Seraphine bemerken, daß ihre Meinung bei Sanna gar nichts mehr galt. Sie kaufte nur noch das, wozu ihr Käthe riet.

»Weiß muß sie tragen — hier dieses entzückende weiße Seidenkleid mit den zarten Spitzeneinsätzen, das mußt du nehmen, Sanna. Weiß überhaupt, viel Weiß für unser Wildvöglein. Das paßt gut zum kastanienbraunen Haar. Und dann dieses herrlich zartblaue Seidenkreppkleid als Gesellschaftsrobe — gelt, das gefällt dir auch, Sanna? Statt eines rosa Leinenkleides, das Seraphine »sehr vornehm« fand, wurde ein Jackenkleid aus Rohseide gekauft, und für ein von Tante Phine vorgeschlagenes steifes, weißes Alpacakleid wurde ein reizendes weißes Stickereikleid gewählt.

»Ich möchte nur wissen, wozu ich eigentlich mitgekommen bin, wenn doch alle meine Ratschläge unbeachtet bleiben«, sagte die alte Dame endlich entrüstet. »Ich habe doch immer einen guten Gesachmack gehabt und kleide mich selbst gewiß nicht geschmacklos.« Sanna legte ihre Hand bittend auf ihren Arm.

»Sei nicht böse, Tante Phine, aber die Kleider, die mir Käthe ausgesucht hat, gefallen mir auch viel besser.«

Käthe aber nickte vergnügt und gleichmütig.

So ging es drei Tage lang von Geschäft zu Geschäft. Abends besuchte man auf Sannas heißen Wunsch noch einmal die Oper.

Am nächsten Tag kehrten die drei Damen nach Hause zurück. Sanna war wieder voll neuer Eindrücke und schrieb gleich nach ihrer Heimkehr an Werner einen langen, ausführlichen Brief, in dem sich ihre Gedanken nur so überstürzten. Dieser Brief enthielt eine genaue Schilderung all dessen, was sie erlebt und gesehen hatte.

Auf diesen Brief kam nach Wochen eine Antwort von Werner. Nachdem er alles Wissenswerte von seinen Erlebnissen berichtet hatte, fuhr er fort:

»Ich freue mich sehr, daß es Dir in Berlin gut gefallen hat. Daß die Oper einen tiefen Eindruck auf Dich gemacht hat, kann ich mir denken, liebe kleine Sanna. Ich hätte dabeisein mögen, um Dein strahlendes Gesicht zu sehen! Und die Kleider, die Du ausgesucht hast, gefielen Käthe Verhagen sehr und Tante Phine gar nicht? Nun, wenn sie Käthe gefielen, sind sie sicher schön. Und das ›Blaue‹ hat eine Schleppe? Ei, wird sich da mein kleiner Wildvogel damenhaft ausnehmen. Ich sehe Dich im Geiste mit der blauen Schleppe durch das liebe alte Haus schweben, und auf deinem schönen Haar spielen goldene Sonnenlichter — ja, wer das doch sehen könnte! Sehr freue ich mich über Deine musikalischen Fortschritte. Wenn ich hier allein oder mit meinen schwarzen Trägern einsame Gegenden durchstreife, dann ist es mir zuweilen, als hörte ich Deine Stimme — wie damals, als ich auf Eurer Farm zu Gast war. Sie klingt mir voll und warm in den Ohren — deutsche Volkslieder höre ich im Traum. Man kommt auf seltsame Gedanken in der Einsamkeit.

Du fragst, ob mich Deine ausführlichen Schilderungen

von daheim nicht langweilen? Nein, Sanna, könntest Du in mein Herz sehen, würdest Du nicht so fragen.

Tante Phine schrieb mir, daß Rudolf Raven oft bei Euch ist und daß er sich sehr viel mit Dir beschäftigt. Du schriebst mir ja auch viel Liebes und Lustiges von ihm. Hast ihn sehr gern, nicht wahr? Und von Käthe schreibst Du ganz begeistert. Ja, sie ist ein selten liebenswerter Mensch, von frischer, ehrlicher Art, ich wußte, daß Ihr Freundinnen werden würdet. Und ich danke ihr, daß sie so lieb und gut zu Dir ist. Sag ihr das und grüße sie herzlich von mir, sie und Deine beiden Ritter. Vom zweiten Jahr meiner Abwesenheit ist nun schon das erste Viertel verstrichen. Manchmal sehne ich mich nach der Heimkehr — und zuweilen fürchte ich mich davor, das heißt — ach nein, ich will lieber schließen, meine Stimmung ist heute so wechselhaft, und das teilt sich meinem Brief mit. Achte nicht darauf. Sei froh und heiter, denke daran, daß mein größter Wunsch ist, Dich glücklich zu wissen. Jedes Opfer brächte ich für Dein Glück, schon im Angedenken an Deinen unvergeßlichen Vater. Schreib mir bald wieder. Alles, auch das kleinste interessiert mich, Du kannst nicht ausführlich genug sein. Leb wohl und sei herzlich gegrüßt von

Deinem treuen Werner«

Diesen Brief las Sanna, wie alle Schreiben Werners, unzählige Male durch. Sie ahnte nicht, welche Fülle von Sorge und Liebe zwischen den Zeilen stand. Werner war so vorsichtig, wie es ihm möglich war, um sie über seinen Zustand im unklaren zu lassen, weil er sie nicht beunruhigen oder beeinflussen wollte. Sie ahnte nicht, daß Tante Phine mit halben Worten und Andeutungen eine gewisse Eifersucht in Werner geweckt hatte und daß seine Fragen nach Rudolf von dieser Eifersucht veranlaßt waren. Sie wußte auch nicht, welche Sehnsucht ihn befallen hatte, als er sie im Geiste in dem blauen Kleid durch das Haus schweben sah. Rudolf Raven hatte ihm in seinem letzten Brief geschrieben, wie sehr sich Sanna zu einer Schönheit ersten Ranges entfaltete. Seine bewundernden Worte hatten ihn in seiner Eifersucht bestärkt. Vielleicht hatte das Rudolf mit Absicht getan, er und seine Schwester wollten an dem zukünftigen Glück des jungen Paares gar zu gern mitarbeiten.

Alles dies wußte Sanna nicht. Aber ihr Herz klopfte, als sie las, was er von ihrem Haar schrieb. Ob er wirklich danach verlangte, sie in dem blauen Kleid zu sehen?

Und weshalb sehnte er sich nach der Heimkehr und fürchtete sich zugleich davor?

Sie seufzte tief und blickte zu dem Bild seiner Mutter auf, mit dem sie oft heimliche Zwiesprache hielt.

»Sehnt er sich, weil er nach der Heimat verlangt, und fürchtet er sich, weil er mich hier finden wird? Bin ich ihm eine Last — eine Fessel? Kannst du mir keine Antwort geben, du liebe, Gute? Wenn ich's wüßte, daß ich ihm eine Last bin, daß ihm sein Versprechen an meinen lieben Vater, meinem Glück zu leben, ein Opfer auferlegt — ich würde aus seinem Leben gehen, um ihn frei zu machen.«

So flüsterte sie und drückte mit schmerzlicher Inbrunst seinen Brief an ihre Lippen.

XII.

Wieder hatte Rudolf Sanna nach Hause begleitet und war, von Tante Phine aufgefordert, noch eine Weile geblieben. Und wieder hatte sich die alte Dame unter einem nichtigen Vorwand entfernt.

Rudolf sah ihr eine Weile nach, ohne sein Gespräch mit Sanna zu unterbrechen. Aber plötzlich erhob er sich, sprang auf die Tür zu und öffnete sie mit einem jähen Ruck.

Da ertönte ein leiser Schrei — Tante Phines Kopf war in sehr unsanfte Berührung mit der Türklinke geraten, denn sie hatte, wie Rudolf richtig vermutete, am Schlüsselloch gelauscht. Dafür trug sie nun eine lange Zeit eine sichtbare Beule an der Stirn.

Rudolf wußte nun plötzlich ganz genau, woran er war. Er entschuldigte sich höflich, aber mit leisem Hohn, um Sanna nicht zu beunruhigen. Tante Phine murmelte etwas von »eben zurückkehren wollen« und preßte sichtlich verlegen das Taschentuch gegen die Stirn.

Sanna bedauerte Tante Phine, als sie eintrat, und sprach ihre Verwunderung aus, daß die Klinke die alte Dame an der Stirn hatte treffen können. Diese hatte sich inzwischen auf eine Ausrede besonnen und erklärte, sie habe sich gerade gebückt, um ihr Schuhband zu befestigen. Sanna glaubte dies ohne Argwohn.

Rudolf konnte es sich nicht versagen, am anderen Tag mit seiner Schwester über die Angelegenheit zu reden.

Käthe lachte erst herzlich auf, als sie von dem Zusammenstoß Tante Phines mit der Türklinke hörte, aber dann wurde sie ernst und blickte ihren Bruder nachdenklich an.

»Was denkst du nun davon, Rudolf?« fragte sie etwas unruhig.

»Ich wollte erst deine Meinung hören, Käthe. Dabei rechne ich auf deinen berühmten sechsten Sinn.«

Käthe nickte.

»Ich glaube, der führt mich auch diesmal auf die rechte Spur, wenn es mir auch schwer wird, an so viel Niedertracht zu glauben. Daß Seraphine um die eigenartige Ehe des jungen Paares weiß, haben wir gehört. Darauf baut sie wohl. Ich glaube ihr kein Unrecht zu tun, wenn ich annehme, daß sie auf eine Lösung dieser Ehe hofft. Und ist es da so schwer zu erraten, daß sie nun gern ein wenig nachhelfen möchte? Sag mir einmal, mein lieber Bruder, ob du Sanna gegenüber ein ganz reines Gewissen hast.«

Rudolfs Stirn rötete sich.

»Aber, Käthe, ich bin doch kein Schuft!«

Sie legte in herzlicher Liebe ihre Arme um seine Schultern.

»Nein, Rudolf, das weiß ich. Aber du bist ein Mensch mit empfänglichen Sinnen für Frauenschönheiten. Und Sanna ist ein wunderholder Paradiesvogel geworden. Ich kann mir gut denken, daß sie einem Mann, dessen Herz noch frei ist, gefährlich werden kann. Deshalb frage ich dich, ob du dich Sanna gegenüber sicher fühlst, niemals, auch nur auf Minuten ihrem Zauber zu erliegen?«

Rudolf zog die Schwester herzlich an sich.

»Du bist ein prachtvoller Kerl, Käthe, und hast Verständnis für menschliche Schwächen. Aber sei ganz ruhig, deine kleine Sanna ist mir in doppelter Beziehung heilig, einmal als Frau meines besten Freundes und dann als die Freundin meiner Schwester. Aber vielleicht könnte ich dir trotz allem nicht so antworten, wenn mein Herz noch frei wäre.«

Käthe sah ihn froh erstaunt an.

»Rudolf — du?«

Er lachte ein wenig.

»Ja, du kluge Käthe — das hat dir dein sechster Sinn nun doch nicht verraten.«

»Ist es denn wahr, keine Flausen?«

»Schrecklich wahr. Ich bin verliebt bis über beide Ohren — nein, ernster, Käthe, bis ins tiefste Herz.«

»Aber in wen, Rudolf, in wen denn?« stieß Käthe eifrig hervor.

»Es ist — Lotte Hansen.«

»Die Lotte? Meine Freundin Lotte, die in Zürich Arzneikunde studiert?«

»Ja — diese.«

»Aber, Rudolf, das ist ja nicht möglich.«

»Warum denn nicht?«

»Was soll denn daraus werden?«

»Hoffentlich eine glückliche Ehe.«

»Aber sie will ja gar nicht heiraten, die Lotte. Sie will doch Ärztin werden, es ist ihr Vorsatz, der kranken Menschheit zu nützen.«

»Das hat sie mir auch gesagt, aber ich weiß es besser. Sie will eine glückliche Frau werden. Sie redet sich das nur ein mit der Befriedigung im ärztlichen Beruf. Übrigens kann sie den ja auch ausüben im Nebenamt — wenn unsere Kinder die Masern haben und ich den Schnupfen. Weißt du, sie will mir nur Hochachtung vor dem Studium der Frau beibringen. Du weißt ja, ich habe sie immer ein bißchen damit geneckt. Und sie ist ein süßer kleiner Trotzkopf. Aber gerade das gefällt mir an ihr, daß sie ihren Willen durchsetzt.

Nun sitzt sie in Zürich und studiert drauflos, und ich muß hier geduldig warten, bis sie entweder ihren Doktor gemacht hat oder flügellahm heimkehrt. Aber ich glaube, sie macht ihn, den Doktor — am Ende gar ›summa cum laude‹, und ich kann dann sehen, wie ich mich gegen diesen Doktor behaupte. Meine Frau wird sie aber auf jeden Fall.«

Käthe lachte, aber sie hatte Tränen in den Augen.

»Also die Lotte! Mein Gott, daran hätte ich nie gedacht. Ihr konntet euch doch nie ausstehen.«

»Alles Verstellung.«

»Und du bist Lottes so sicher?«

»Unbedingt.«

»Hat sie dir denn einen Beweis ihrer Liebe gegeben?«

Rudolf machte ein eigenartiges Gesicht, und ein lustiges Lächeln spielte um seinen Mund.

»Gewiß, einen untrüglichen Beweis, nämlich eine Ohrfeige.«

Käthe fuhr betroffen zurück.

»Eine Ohrfeige? Aber, Rudolf!«

Er nickte gemütlich.

»Ja, ich habe sie einmal gegen ihren Willen geküßt, und da hat sie erst einen Augenblick ganz still und erschrocken in meinem Arm gelegen und hat am ganzen Körper gezittert und dann, ja dann hat sie sich plötzlich aufgerichtet und hat mir einen Schlag ins Gesicht versetzt — ganz kräftig, kann ich dir sagen.«

»Und das nennst du einen Liebesbeweis?« stammelte Käthe fassungslos.

»Ja, so eine Ohrfeige kann unter Umständen Bände reden. Mir hat sie jedenfalls riesig Eindruck gemacht. Und ich habe ihr gleich gesagt, daß sie meine Frau werden muß.«

»Und was hat sie dir geantwortet?«

»Nicht ja und nicht nein, sie hat mir nur die Tür vor der Nase zugeschlagen und mich mit einem Blick angesehen, mit einem Blick — na, ich danke. Und seit dem Augenblick habe ich sie nicht wiedergesehen. Am nächsten Tag ist sie nach Zürich abgereist. Und nun warte ich auf ihre Heimkehr.«

»Lieber Gott«, seufzte Käthe sorgenvoll, »wenn du dich nur nicht in einer Täuschung befindest.«

Mit einem herzlichen Kuß schloß Rudolf ihr den Mund.

»Laß nur, Käthe, das mit Lotte kommt schon in Ordnung. Aber wir waren bei Sanna. Was meinst du also, wie ich mich in Zukunft benehmen soll?«

»Nach deiner Erklärung ist das sehr einfach: genauso wie bisher. Übersieh Fürstin Seraphines Spioniersystem vollständig und gib dir den Anschein, als ob du nichts merktest.«

»Und nun wünsche ich nur, daß Lotte ihren Doktor macht und bald heimkehrt«, sagte Käthe, als sich Rudolf verabschiedete.

XIII.

Es war zum zweitenmal Herbst geworden seit Werners Abreise, und wieder einmal waren Gäste im Hause gewesen. Sanna und Käthe hatten musiziert, und alle Anwesenden waren voll Entzücken und Lob gewesen, sogar Frau Geheimrat Papperitz, die einen leisen Groll gegen Sanna hegte, seitdem diese sich so auffallend von ihrer Gesellschaft zurückgezogen hatte. Nur Seraphine hatte kein Wort der Anerkennung gehabt und war mit einem sehr verbissenen Gesicht aus dem Zimmer gegangen. Das kam daher, weil Käthe Verhagen bei Tisch wieder einmal höchst unehrerbietig gegen sie gewesen war.

Am nächsten Tag, als sie mit Sanna beim Frühstück saß, zog Tante Phine schärfer als sonst gegen Käthe ins Feld. Sie gebrauchte harte, gehässige Ausdrücke.

Sanna verteidigte Käthe mit großem Eifer und fester Überzeugung. Das erboste Seraphine immer mehr, und plötzlich sagte sie gehässig:

»Ja, ja, ich weiß, du hast dich durch die glatte Larve dieser heuchlerischen Freundin gefangennehmen lassen, hast dich durch sie gegen mich, die ich es so gut mit dir meine, aufhetzen lassen. Wenn du nur wüßtest, was für ein falsches Geschöpf diese Käthe Verhagen ist.«

Sanna fuhr erregt auf.

»Nein, Tante Phine, das ist nicht wahr, an Käthe ist keine Spur von Falschheit. Ich liebe sie von Herzen und kann und will es nicht dulden, daß du sie schmähst.«

Seraphine zuckte die Schultern und kniff die Lippen zusammen.

»Wüßtest du, was ich über sie weiß, du würdest anders über sie urteilen.«

»Ach, Tante Phine, es ist einfach häßlich, daß du solch grundlose Beschuldigungen erhebst. Wäre Käthe nicht ein wirklich gutes Geschöpf, so hätte mir Werner nicht so zum Umgang mit ihr geraten.«

Seraphine lachte spöttisch auf, und ihre Augen flimmerten unheimlich.

»Werner? Werner liebt Käthe Verhagen und wird sie immer lieben. So, da hast du es!«

Sanna starrte erblassend in Seraphines unbewegtes Gesicht.

»Nein — nein, das ist nicht wahr, sie ist doch eines anderen Frau.«

Da lachte Seraphine abermals spöttisch auf.

»Jawohl, sie hat damals Fritz Verhagen vorgezogen, weil er reich und unabhängig war, während Werner ohne Vermögen und noch von seinem Onkel abhängig war. Aber geliebäugelt hat sie mit ihm und ihn glauben lassen, daß sie ihn liebt, ihn allein. Und als sie dann Verhagen heiratete, da ist er der Verzweiflung nahe gewesen und hinaus in die Welt gezogen, um Vergessen zu suchen. Das war damals, als er auf eurer Farm war. Aber er hat sie nicht vergessen können, und als er dann wiederkam, hat sie ihn von neuem in ihre Netze gezogen. Das hätte sie gar nicht nötig gehabt. Ein Mann wie Werner liebt nur einmal, und er ist für immer ihrem Zauber verfallen.«

Sanna lehnte sich in ihren Stuhl zurück und senkte den Kopf wie unter einem vernichtenden Schlag.

»Ein Mann wie er liebt nur einmal.« Diese Worte zerstörten alle ihre leisen, scheuen Hoffnungen im Keim.

Seraphine beobachtete sie mit lauernden Blicken.

Eine Weile saß Sanna wie gelähmt. Dann raffte sie sich auf und strich wie geistesabwesend über ihr Haar. Und endlich sagte sie mit müder Stimme:

»Ich glaube dennoch nicht, daß Käthe schlecht ist. Wer weiß, wie das alles zusammenhängt.«

»Mein Gott, bist du eine Törin! Du hast ja in deiner Unschuld keine Ahnung, was eine berechnende Frau vermag. Sie ist auch zu eitel, Werner jetzt von ihrem Triumphwagen zu lassen. Ihre ganze Art, dich zu beeinflussen, ist nichts als die Sucht, Werner noch fester an sich zu fesseln. Du sollst ihm nur Herrliches von ihr berichten, sollst sie loben und preisen. Und sicher tust du das auch in deiner Herzenseinfalt. Von Anfang an habe ich sie durchschaut und dich vor ihr zu warnen versucht. Sie weiß ganz genau, daß Werner dich nur aus Mitleid und Dankbarkeit gegenüber deinem Vater geheiratet hat, daß du im Grunde gar nicht seine Frau bist. Und Werner betrachtet sich auch nicht an dich gebunden. Er hofft darauf, daß du ihm seine Freiheit zurückgibst.«

»Wer hat dir das alles gesagt?« stieß Sanna mit halberstickter Stimme hervor.

»Mein Gott, Kind, wer soll mir das gesagt haben! Werner selbst, natürlich. Er ist doch wieder abgereist, um der peinlichen Lage zu entgehen, das hast du doch wohl selbst herausgefunden. Er hofft, daß du deine Neigung in der Zeit seiner Abwesenheit einem anderen zuwendest. Das wäre ja auch die beste Lösung. Du bist doch alt genug, um zu begreifen, daß eure sogenannte Ehe ein Unding ist. Jedenfalls erwartet Werner mit ziemlicher Bestimmtheit, daß du selbst ihn bittest, dich freizugeben. Er kann es ja als höflicher Mann nicht tun, nicht wahr? Ich sprach vor seiner Abreise eingehend mit ihm darüber und kenne seine Wünsche ganz genau.«

Sanna verließ in den nächsten Tagen ihre Zimmer nicht und ließ niemand außer Berta zu sich ein. Der einzige schwache Trost für sie war, daß sie allein sein konnte nach dieser Eröffnung, daß sie niemand zu sehen brauchte.

Und auch zu Käthe schickte Sanna und ließ sich für einige Tage mit Unwohlsein entschuldigen; auch bat sie diese, nicht zu kommen, da sie von unerträglichem Kopfweh geplagt sei und der ungestörten Ruhe bedürfe.

Als einige Tage darauf Käthe doch kam, um nach Sanna zu sehen, wurde ihr durch Berta mitgeteilt, die gnädige Frau lasse noch einige Tage um Ruhe bitten, sobald sie sich wohler fühle, werde sie es Frau Verhagen melden.

Käthe sah, daß über Seraphines Gesicht bei dieser Meldung ein höhnisches, siegesgewisses Lächeln glitt.

Da ist irgend etwas nicht in Ordnung, das verrät Fürstin Seraphines Hohnlächeln, dachte sie auf dem Heimweg. Ihrem Mann erzählte sie ganz aufgeregt von ihrem Besuch bei Sanna, und als später Rudolf dazukam, begann sie in ihrer lebhaften Art von neuem.

»Aber ich werde schon dahinterkommen, und wenn ihr diese unausstehliche Tante Phine etwas zuleide getan hat, dann — na, ich weiß nicht, was ich ihr dann antue. Jedenfalls gehe ich morgen wieder hin, das steht fest.«

Sanna hatte mit verhaltenem Atem auf Käthes Stimme gelauscht, als sie die Freundin durch Berta hatte abweisen lassen.

Drunten fiel die Tür hinter Käthe Verhagen ins Schloß. Sanna preßte die Hände auf ihr wild pochendes Herz.

Warum hatte sie Käthe abgewiesen? War diese nicht immer gleich lieb und gut zu ihr gewesen? War sie nicht in liebender Sorge gekommen, um nach ihr zu sehen? Hatten denn Tante Phines giftige Worte ihr Herz der geliebten und bewunderten Freundin entfremdet? Nein, o nein! Es war nur die brennende Scham, die Sanna abhielt, einem Menschen ins Gesicht zu sehen, die Scham, daß sie einen Mann liebte, der sich sehnte, von ihr befreit zu werden.

Konnte sie denn je wieder in eines Menschen Augen blicken? Aber warum nur nicht — sie hatte ja nichts getan, um diese Liebe in ihr Herz zu pflanzen. Gott selbst hatte sie hineingelegt, wie er in Werners Herz die Liebe zu Käthe legte. Das war ein großes Unglück, ein qualvolles Leid, aber keine Schande. Sie hatte ja nicht gewußt, was sie tat, als sie seine Frau wurde. Und nun, da ihr die Augen über alles geöffnet waren, nun mußte sie die Kraft haben, Werner von sich selbst zu befreien. Nur wenn sie das nicht tat, mußte sie sich schämen. Bald, in wenigen Monaten, kam er heim. Dann würde sie ihm sagen, daß sie sich von ihm lösen wollte.

Aber würde sie die Kraft haben, ihm das zu sagen, würde sie ihm je wieder ins Antlitz sehen können im Bewußtsein, ihn zu lieben und von ihm verschmäht zu sein?

Nein, o Gott, nur das nicht, nur ihn nicht wiedersehen müssen mit der brennenden Qual im Herzen! Er durfte auf keinen Fall ahnen, wie unglücklich sie war. Fliehen mußte sie, ehe er heimkehrte, fliehen vor seinem Anblick und vor der eigenen Liebe. Er durfte nicht erfahren, was sie diese Trennung kostete.

Nur der Gedanke, daß ihr noch Monate blieben, um ihre Flucht vorzubereiten, machte sie allmählich ruhiger.

Auch rechnen lernte sie in dieser qualvollen Zeit. Sie dachte an die Summe, die ihr der Vater hinterlassen hatte. Würde die für ihren Lebensunterhalt reichen? Sie war in Geldangelegenheiten so unerfahren, auch jetzt noch. Nur zufällig hatte sie einmal von Tante Phine gehört, wieviel Zinsen ihr das kleine Vermögen brachte. Es war sehr wenig im Verhältnis zu den Summen, die sie bisher allein für ihre Kleider ausgegeben hatte. Es bedrückte sie sehr, daß sie all das bisher wie selbstverständlich von Werner angenommen hatte. Das durfte nun nicht mehr sein. Sie mußte jetzt mit dem Geld auszukommen versuchen, das ihr gehörte. Und sie rechnete und rechnete, bis sie ganz wirbelig im Kopfe war. Das lenkte sie aber etwas von ihrem Schmerz ab, und langsam fand sie ihre Ruhe wieder. Es war allerdings eine freudlose, bedrückende Ruhe.

Manchmal saß sie dann oben in ihrem Zimmer und sah vergrämt und todtraurig in das Gesicht von Werners Mutter, aus dem ihr seine eigenen gütigen Augen entgegenblickten.

»Warum hat er mich vor Tante Phine so tief gedemütigt, warum hat er ihr gesagt, daß ich ihm eine Fessel bin? War's nicht menschlicher, er sagte es mir selbst? Ist unter dem Zwang der Verhältnisse selbst das in seinem Herzen gestorben, was er für mich fühlte, als ich noch seine kleine Sanna und er mein Onkel Werner war?«

Sie barg schluchzend das Gesicht in ihren Händen und rang mit der Liebe in ihrem Herzen, die sich nur um so tiefer einbrannte, je mehr sie sich dagegen wehren wollte.

Als Käthe das nächstemal zu Sanna kam, empfing diese sie in ihrem Zimmer.

Sie war ruhig und still, sah aber so blaß und elend aus,

daß Käthe wirklich zuerst an ein körperliches Leiden glaubte.

»Wo fehlt es denn, Schatz?«

Sanna zwang sich zu einem Lächeln.

»Ich hatte nur so arges Kopfweh.«

Dieses Lächeln griff Käthe ans Herz. Sie betrachtete die junge Frau mit unruhigem Forschen.

»Weißt du, Sanna, daß du mir gar nicht gefällst? Hast du einen Arzt kommen lassen?«

»Nein.«

Käthe erhob sich plötzlich mit Entschiedenheit.

»Dann muß sofort einer herbeigeschafft werden, oder ich tue es selbst.«

Und sie ließ nicht nach: Sanna mußte den Arzt rufen lassen. Der stellte, wie immer in solchen Fällen, Nervosität fest und verordnete Ruhe und frische Luft.

Vorläufig mußte sich Käthe damit zufriedengeben. Aber als Tag um Tag verging, ohne daß Sanna sich erholte, da wurden ihre Freunde immer besorgter. Liebevoll drang Käthe in die junge Frau, ihr doch zu sagen, was sie so furchtbar verändert habe.

»Hast du denn gar kein Vertrauen mehr zu mir, Sanna? Ich sehe und fühle doch, daß du leidest, daß dich etwas bedrückt. Ich sorge mich so sehr um dich, wir alle tun es.«

Aber Sanna wich aus und nahm sich von nun an noch mehr zusammen. Sie kam jedoch nicht mehr jeden Tag zu Käthe, und am Musizieren hatte sie keine Freude mehr.

Da hielt Käthe denn mit ihrem Mann und ihrem Bruder einen Kriegsrat. Das Ergebnis war ein langer Brief, den Rudolf Raven an Werner Rutland schrieb und der folgendermaßen lautete:

»Mein lieber Werner!

Käthe läßt mir keine Ruhe, ich soll und muß Dir schreiben, obwohl ich vor langen Briefen wie alle schreibfaulen Leute einen heillosen Respekt habe. Und dieser Brief wird lang — sehr lang werden.

Mit ihrem sechsten Sinn — Du weißt ja, daß Käthe schon als Kind allerlei mit diesem sechsten Sinn herausbrachte, wovon wir keine Ahung hatten — also mit dieser zuweilen sehr nützlichen Gabe wittert sie ein Unheil, das sich über dem Haupt Deiner jungen Frau zusammenzieht. Wir stehen dabei mit gebundenen Händen, weil wir nicht wissen, was ihr droht. Erschrick nicht zu sehr, ums Leben geht es natürlich nicht — aber vielleicht um ähnlich kostbare Güter, vielleicht um Sannas Seelenfrieden.

Die Unheilstifterin ist nach unserer gemeinsamen Ansicht Fürstin Seraphine. Sollten wir ihr unrecht tun, verpflichte ich mich, auf den Knien zu ihr zu rutschen und sie um Verzeihung zu bitten. Ich fürchte jedoch, daß ich es nicht nötig haben werde.

Noch ein Weilchen mußt Du Geduld haben, bis ich mit meiner langen Vorrede zu Ende bin und Dich so weit in alle Einzelheiten eingeweiht habe, daß Du unsere Sorge verstehen kannst. Daß sich Deine junge Frau sehr bald hier eingelebt hatte und körperlich und geistig sich täglich mehr und mehr entfaltete, habe ich Dir schon in früheren Briefen mitgeteilt. Wie innig sie sich mit Käthe angefreundet hat, weißt Du wohl von Frau Sanna selbst. Nur eins haben wir Dir bisher verschwiegen, um Dir nicht unnötig Sorge zu machen, nämlich, daß Tante Phine, die Edle, Deine Frau von Anfang an unerhört beherrschte und daß wir, Käthe und ich, energisch dagegen angingen und Deine Frau aus dieser Sklaverei befreiten. Hauptsächlich Käthe tat das mit der nötigen Tatkraft und Kampfesfreude, daß sich zuweilen ganz nette Scharmützel ergaben, natürlich immer im Rahmen des guten Tones und der Höflichkeit. Und wir hatten das Gefühl, daß Frau Sanna sich wohl fühlte und mit ihrem Schicksal und ihrer Freiheit sehr zufrieden war. Sie sang uns mit Käthe fast täglich ihre süßen Lieder vor; Du ahnst wohl kaum, wie wundervoll sie jetzt singen kann, wie herrlich sich ihre Stimme entfaltet hat. Sannas frohes Lachen, ihre Schelmerei erfrischten uns wie ein klarer Trunk. Du siehst — ich kann ganz poetisch werden bei dem Gedanken daran. Aber seit einiger Zeit sind ihre Lieder verstummt, und singt sie einmal auf unseren dringenden Wunsch, dann klingen Tränen durch ihre Stimme. Ihr Frohsinn, ihre Schelmerei sind verflogen, ihre Augen blicken trübe und traurig, und wenn sie sich zu einem Lächeln zwingt, tut es einem nur weh. Das kam ganz plötzlich. Es begann mit einem Unwohlsein, an das wir drei aber nicht glauben. Käthe schleppte den Arzt herbei, auch der fand keine Spur von Krankheit.

Was vorgefallen ist, können wir weder von Tante Phine noch von Frau Sanna herausbringen, aber vorgefallen ist etwas, das steht außer Frage. Leider scheint Deine Frau kein Vertrauen mehr zu Käthe zu haben. Sie macht völlig den Eindruck einer Unglücklichen, die sich müht, ihr Leid vor fremden Augen zu verbergen.

Uns fehlt der Schlüssel zu ihrem veränderten Wesen, so daß wir ihr beim besten Willen nicht helfen können.

Wenn ich Dir nun noch, obwohl es mir unangenehm ist, dieses Thema anzuschneiden, erzähle, daß Seraphine Münzer ihren Kränzchenfreundinnen berichtet hat, daß zwischen Dir und Deiner Frau nur eine Scheinehe besteht und daß Du Sanna nur aus Mitleid und Dankbarkeit gegen ihren Vater geheiratet hast, so wirst Du Dir denken können, bis zu welcher ›Zartheit‹ des Handelns sich die edle Dame aufschwingen kann. Wir sind überzeugt, daß Seraphine etwas getan hat, was den Seelenfrieden Deiner Frau ruiniert — sicher aus selbstsüchtigen Gründen.

Deshalb, mein lieber Werner, gestatte ich mir als Dein Freund die Mahnung: Kehre unverzüglich heim, nur Du kannst Deine arme kleine Frau wirksam schützen. Hoffentlich erreicht Dich mein Brief ohne große Umwege. Ich sage: ›Auf baldiges Wiedersehen!‹ Melde mir möglichst Deine Ankunft.

Mit herzlichen Grüßen von meiner Schwester, meinem Schwager und mir

Dein Rudolf«

Und diesen Brief erhielt Werner Rutland wirklich auf schnellstem Wege. Und ungefähr sieben Wochen später hatte Rudolf seine Antwort in Händen.

»Mein lieber Rudolf!

Vielen Dank für Deinen ausführlichen Brief. Ich war schon in Unruhe. Sannas letzter Brief an mich ist so ganz anders gehalten als ihre früheren.

Dein Brief hat mir gezeigt, daß ich Grund zu dieser Unruhe hatte, wenn ich auch leider nicht wissen kann, was Sanna so verändert hat. Sollte wirklich Tante Phine daran schuld sein?

Nun drängt es mich in großer Unruhe nach Hause. Mit dem nächsten Schiff folge ich diesem Schreiben, ich rüste in aller Eile zur Heimreise. Herzlich und innig bitte ich Euch, steht meiner armen kleinen Sanna auch weiterhin so treu zur Seite wie bisher, bis ich sie selbst unter meine Fittiche nehmen kann. Ich hatte ja triftige Gründe, sie allein zu lassen, sonst hätte ich es nicht getan. Tante Phines Schwatzhaftigkeit, die mich heftig gegen sie erbittert hat, wird Euch zur Genüge verraten haben, daß meine Ehe mit Sanna unter außerordentlichen Umständen geschlossen wurde. Ich hatte Tante Phine unter dem Siegel der Verschwiegenheit die nötigen Aufschlüsse gegeben, damit Sanna vor jeder unbedachten und heiklen Frage bewahrt bleiben sollte. Nicht einmal Euch gegenüber habe ich davon sprechen mögen, und sie macht es zum Gemeingut ihrer klatschsüchtigen Kränzchenschwestern. Sie wird mir Rechenschaft darüber ablegen müssen. Euch werde ich nun selbstverständlich über alles aufklären, wenn ich heimkehre, damit Ihr unentstellt die reine Wahrheit hört.

Ich fiebere heimzukehren, mein Herz ist voll und schwer, nicht nur voll Sorge um Sanna, sondern auch im eigenen Verlangen nach Glück. Aber davon später.

Ich muß mich beeilen, damit dieser Brief mit dem heutigen Dampfer noch abgeht. Sanna kann ich meine Ankunft gar nicht mehr ankündigen. Depeschieren will ich nicht, damit Tante Phine nichts von meiner Ankunft erfährt, ich will sie überraschen, vielleicht ist das besser. Bitte, sagt Sanna, daß ich am 24. April daheim eintreffe. Sie soll nichts zu Tante Phine sagen. Nun noch herzliche Grüße Euch allen und auf Wiedersehen.

Dein Werner«

Es war am 18. April, als Rudolf diesen Brief erhielt. Er eilte damit zu seiner Schwester.

Diese atmete erleichtert auf, als sie das Schreiben gelesen hatte.

Rudolf war eben wieder fortgegangen. Käthe sah ihm vom Fenster aus nach und winkte ihm zu. Kaum war er um die Ecke verschwunden, als von der anderen Seite Sanna Rutland auf das Haus zukam.

»Bist du endlich einmal wieder da, Wildvögelein? Seit drei Tagen hast du dich nicht sehen lassen. Wenn ich nur wüßte, was dich so scheu gemacht hat. Warst ein so liebes, zutrauliches Geschöpf und hattest mich lieb, ich hab's gefühlt. Jetzt liegt etwas zwischen uns, was ich nicht greifen kann und wogegen ich doch immer mit dem Kopf stoße.«

Sannas Gesicht rötete sich.

»Ich habe dich lieb wie zuvor, glaub es mir«, antwortete sie ernst und drückte krampfhaft Käthes Hand.

»Aber Vertrauen hast du nicht mehr zu mir. Und das tut mir weh.«

Sanna senkte den Kopf.

»Ich möchte so gern, daß du meinen Launen gar keine Beachtung schenkst. Bitte glaub mir, daß du mir noch die beste Freundin bist.«

Käthe legte ihren Arm um sie.

»Nun gut, ich tue, wie du sagst. Bald kann ich mein Amt, dich zu behüten, in andere Hände zurücklegen. Höre, was für eine gute Nachricht ich für dich habe. Dein Mann trifft am 24. April hier ein.«

Sanna fuhr entsetzt empor. Aus ihrem Gesicht wich jeder Blutstropfen. Wie abwehrend streckte sie die Hände aus.

»Was sagst du?« kam es heiser über ihre Lippen.

Käthe beobachtete sie besorgt.

»Werner kommt, am 24. April ist er hier.«

»So bald schon?« stöhnte Sanna auf, und sie zitterte so heftig, daß Käthe sie stützen mußte.

Wie seltsam wirkte diese Kunde auf die junge Frau. Keine Spur einer freudigen Erregung, nur Furcht und Schrecken malten sich in ihrem Gesicht.

»Freust du dich denn nicht auf sein Kommen, kleine Sanna? So lange war er fort — dein liebster Mann.«

Sanna machte sich heftig los und strich das Haar aus der Stirn.

»Wann hast du diese Nachricht von ihm bekommen?« fragte sie tonlos.

»Er hat an Rudolf geschrieben, der war eben hier und sagte es mir.«

»Mir — mir hat er nichts mitgeteilt.«

Noch immer beobachtete Käthe die Freundin. Nicht nur ihr sechster Sinn, auch die normalen fünf schienen jede Kleinigkeit zu erfassen.

»Er wollte euch vielleicht überraschen, Tante Phine soll jedenfalls nichts davon wissen. Aber dir will ich's doch lieber sagen, du bist mir zu schreckhaft geworden.«

»Oh, ich danke dir sehr, daß du es getan hast«, stieß Sanna hastig hervor.

»Aber Tante Phine nichts verraten, sonst rüstet sie zu einem festlichen Empfang, und dann merkt Werner gleich, daß ich eine Plaudertasche bin.«

Sanna erhob sich in ziemlicher Eile.

»Ich werde ihr bestimmt nichts sagen, Käthe, und nochmals meinen Dank, daß du zu mir davon gesprochen hast. Ich werde es dir nie vergessen.«

Käthe schüttelte lachend den Kopf.

»Aber Wildvögelein, nur nicht so feierlich! Nun, willst du schon wieder fort?«

»Ja, weißt du, mir fällt da eben ein — eine Besorgung — ich muß gehen.«

Käthe hielt sie nicht, sie sah, wie Sanna fieberte, allein zu sein. Die Nachricht von Werners Heimkehr hatte sie heftig erschüttert.

An der Tür drehte sich Sanna noch einmal um und legte plötzlich in auffallender Herzlichkeit, wie früher oft, ihre Arme um Käthes Hals und küßte sie.

»Liebe — Gute — leb wohl! Ich danke dir für alle Liebe!«

Käthe drückte sie fest an sich.

»Närrlein, wie sonderbar du heute bist!«

Sanna riß sich schnell los und ging.

Käthe blickte ihr aufseufzend nach.

Sanna war nach Hause geeilt. Sie konnte nur noch eins denken: Du mußt fort, ehe Werner heimkommt.

In all den Wochen der Qual, die sie seit jenem Morgen hinter sich hatte, war sie nicht einen Augenblick im Zweifel gewesen, daß sie gehen müsse, ehe sie ihn wiedersah. Sie hatte geglaubt, noch Wochen vor sich zu haben, um in Ruhe einen Aufenthalt für die Zukunft zu suchen, und nun war sie plötzlich vor die Entscheidung gestellt.

Das Blut hämmerte ihr in den Schläfen, und sie konnte keinen klaren Gedanken fassen. Sie wünschte sich sehnlichst den Tod. Was sollte sie noch auf der Welt, allein und verlassen, ungeliebt und unbegehrt, eine Last dem Manne, den sie liebte! Sterben können, die Augen schließen und nie mehr zu Leid und Weh erwachen, heimkehren zu dem toten Vater — wie schön mußte das sein!

Aber es stirbt sich nicht so leicht mit neunzehn Jahren, wenn man einen gesunden Körper hat.

Seraphine sah mitleidlos zu, wie sich neben ihr ein junges Herz fast zu Tode quälte. Sie rechnete mit Sannas Stolz, wie niedrige Menschen immer mit der anständigen Gesinnung anderer rechnen.

Außerdem glaubte sie wirklich, daß Werner seine Frau nicht liebe und daß sie ihm noch einen Gefallen tat, wenn sie die Fesseln lösen half, die ihm nach ihrer Ansicht unbequem sein mußten.

Die beiden Frauen hatten in den letzten Wochen nur das Nötigste miteinander gesprochen und waren sich möglichst aus dem Wege gegangen.

Am 23. April abends gegen neun Uhr verließ Sanna Rutland heimlich das Haus. Sie trug ein einfaches dunkles Kleid und hielt eine kleine Reisetasche in der Hand.

Niemand bemerkte ihr Fortgehen.

Sie atmete tief auf, als der frische Aprilwind ihr die heiße Stirn kühlte. An der Straßenecke warf sie noch einen Abschiedsblick auf das Haus zurück, in dem sie fast zwei Jahre gelebt hatte.

Schnell eilte Sanna weiter. In der nächsten Straße bestieg sie eine leere Droschke und fuhr zum Bahnhof.

Dort nahm sie für den Nachtzug eine Fahrkarte nach Berlin. Dies war der einzige Ort, wo sich Sanna außer in Danzig allein zurechtzufinden hoffte. Es war ihr kein anderer Rettungsweg eingefallen. Der Zug fuhr schon wenige Minuten später ab. Das hatte Sanna mit vieler Mühe aus dem Kursbuch herausgefunden. So gut es ihr bei ihrer Unerfahrenheit möglich war, hatte sie sich ihren Reiseplan zurechtgelegt.

Mit einem Seufzer der Erleichterung sank sie in die Polster ihres Abteils zurück. Sie war allein. Ein Gefühl der Befreiung erfüllte ihre Seele.

Tante Phine wartete am anderen Morgen eine Weile mit dem Frühstück auf Sanna. Als sie nicht erschien, schickte sie Berta hinauf mit der Anfrage, ob Sanna herunterkommen würde oder ob man ihr das Frühstück auf ihr Zimmer bringen sollte.

Schon nach wenigen Minuten kam Berta mit bestürztem Gesicht zurück und meldete, daß die gnädige Frau nicht in ihrem Zimmer sei.

»Dann wird sie noch schlafen«, sagte Seraphine gleichgültig. »Wecken Sie die gnädige Frau lieber nicht, sie ist noch immer unwohl. Sagen Sie unten in der Küche, daß für mich allein gedeckt werden soll.«

Berta blieb zögernd stehen.

»Verzeihen gnädiges Fräulein, aber im Schlafzimmer befindet sich die gnädige Frau auch nicht — und es sieht darin aus — nun ja —, als sei die gnädige Frau gar nicht zu Bett gegangen.«

Seraphine blickte betroffen auf.

»Nicht zu Bett gegangen? Ach, Unsinn, Berta, vielleicht hat das andere Stubenmädchen das Zimmer schon in Ordnung gebracht.«

»Nein, gnädiges Fräulein, Minna ist im zweiten Stock in Ihren Zimmern beschäftigt, und vorher haben wir zusammen hier unten gearbeitet.«

Nun erhob sich Seraphine mit einem unruhig gespannten Ausdruck.

»Ich will selbst einmal nachsehen. Man soll mit dem Frühstück warten.«

So schnell, wie es sich mit ihrer würdevollen Art vertrug, ging Seraphine hinauf in Sannas Zimmer. Forschend schritt sie von einem Raum zum anderen. Nirgends fand sich eine Spur von Sanna, und das Schlafzimmer erschien tatsächlich unbenutzt.

Betroffen blieb sie stehen und sann eine Weile nach. Seit gestern nachmittag hatte sie Sanna nicht zu Gesicht bekommen. Vor dem Abendessen hatte sie sich entschuldigen lassen mit dem Bemerken, daß sie sofort zu Bett gehen wolle. Hastig klingelte Seraphine, und Berta erschien auffallend schnell mit neugierigem Gesicht.

»Wann haben Sie die gnädige Frau gestern abend zuletzt gesehen, Berta?«

»Gegen halb acht Uhr, gnädiges Fräulein.«

»War sie da in ihren Zimmern?«

»Nein, draußen auf dem Flur. Sie kam aus dem Kofferzimmer und hatte sich die kleine braune Handtasche geholt. Ich wollte sie ihr hinübertragen, aber sie wehrte ab und bestellte mir nur, sie zum Abendessen zu entschuldigen, da sie gleich zu Bett gehen wollte.«

Seraphines Augen blitzten auf, als sie von der Reisetasche hörte.

»Es ist gut, Sie können gehen.«

Berta verschwand und eilte in die Küche, wo die anderen dienstbaren Geister schon ihrer erwartungsvoll harrten. Natürlich machte die Meldung, daß die junge Gnädige verschwunden sei, nicht geringen Eindruck. Die Leute tuschelten aufgeregt miteinander. Dienstboten haben eine feine Witterung für ungewöhnliche Vorgänge, und es war ihnen nicht entgangen, daß es zwischen der jungen Frau und Tante Phine Spannungen gab.

»Die Alte hat die junge Gnädige hinausgegrault, dafür lege ich meine Hand ins Feuer«, sagte der Diener und sprach damit den anderen aus der Seele.

Sanna war sehr beliebt bei den Leuten. Ihre freundliche, stille Art hatte um so mehr alle Herzen gewonnen, als man Seraphines hochmütiges und oft ungerechtes Wesen unerträglich fand.

Nun waren alle äußerst gespannt auf die weitere Entwicklung der Dinge.

Seraphine war inzwischen oben in Sannas Reich von einem Möbel zum anderen gegangen, in der Hoffnung, eine Bestätigung ihres Verdachtes zu finden, daß die junge Frau auf immer das Haus verlassen habe. Erwartet hatte sie es schon längst.

So kam sie auch an Sannas Schreibtisch, und hier bemerkte sie sofort, daß die junge Frau gegen ihre Gewohnheit die Schlüssel hatte stecken lassen.

Zuerst zog sie das Fach auf, wo Sanna ihr Geld aufzubewahren pflegte. Es war leer, obwohl sie sich erst gestern eine größere Summe von Seraphine hatte geben lassen.

Nun öffnete sie das Mittelfach und entdeckte sofort einen Brief, der auffällig hineingelegt war. Sie stieß einen leisen Seufzer der Befriedigung aus und eilte an die Tür, um sie abzuschließen.

Schnell kehrte sie an den Schreibtisch zurück und nahm den Brief heraus. Er war von Sannas Hand an Werner Rutland gerichtet.

Unschlüssig wog sie ihn einen Augenblick in ihrer Hand. Dann öffnete sie mit großer Geschicklichkeit den Umschlag. Ihr ganzes Tun offenbarte zur Genüge, daß sie nicht das erstemal geschlossene Briefe öffnete. Tatsächlich hatte sie auf diese Art nicht nur Sannas Briefwechsel mit Werner beaufsichtigt, sondern auch früher den Werners mit seinem Onkel.

Mit spitzen Fingern zog sie das Schreiben aus dem Umschlag, entfaltete es und las:

»Lieber Werner!

Herzlich bitte ich Dich um Verzeihung, daß ich ohne Deinen Willen Dein Haus verlassen habe, noch ehe Du zurückkommst. Ich will Dir und mir ein Wiedersehen ersparen, das uns beiden sehr peinlich und quälend sein würde.

Mein lieber Vater hat es ja gut mit mir gemeint, als er mich mit Dir vermählte, er hat in seiner Sorge um mich wohl nicht daran gedacht, daß er Dir und auch mir eine Fessel anlegte, die zu tragen uns schwer sein würde. Ich war damals noch so sehr jung und unerfahren, stand dem Leben so fremd gegenüber, daß ich nicht wußte, was mit mir geschah und was ich tat. Ich war nur von dem Wunsche beseelt, Vaters letzte Stunden sorglos zu gestalten, und dachte nur an ihn, wie Du es auch getan hast. Du warst außer ihm der einzige Mensch, dem ich voll vertrauen konnte, den ich gern hatte, und es erschien mir so einfach und selbstverständlich, daß ich mich in Deinen Schutz begab.

Nun sehe ich jedoch das Leben mit anderen Augen und erkenne, in welch peinliche Lage ich Dich gebracht habe und in welcher unhaltbaren Lage ich mich selbst befinde.

Deshalb bin ich entschlossen, mich von Dir zu trennen. Ich gehe nach Berlin und werde mich zunächst dort in dem mir bekannten Haus aufhalten, bis ich ein anderes Unterkommen gefunden habe. Mit Geld bin ich vorläufig zur Genüge versorgt, später weist Du mir wohl mein kleines Vermögen von Vater an, es wird mir für ein bescheidenes Leben genügen.

Wie Du unsere Ehe lösen kannst und willst vor dem Gesetz, überlasse ich Dir, Du kannst mir ja brieflich Nachricht darüber senden.

Nur eins bitte ich Dich inständig: erspare mir jede persönliche Begegnung, ich könnte Dich nicht wiedersehen, ohne vor Scham zu vergehen, weil ich so töricht war, in eine Ehe mit Dir zu willigen. Ich wußte nicht, was ich tat. Über mein ferneres Leben kannst du ganz ruhig und unbesorgt sein. Ich werde mir vielleicht in einem Vorort von Berlin bei einer würdigen alten Dame ein bescheidenes Unterkommen suchen, wo ich zugleich Verpflegung und Schutz habe. Sollte ich einmal Rat und Hilfe brauchen, so werde ich mich an Dich, den treuen, gütigen Freund meines Vaters, wenden, das verspreche ich Dir.

Und nun leb wohl und habe Dank für Deine edle Aufopferung. Verzeihe mir, wenn ich eigenwillig unsere Bande löste, aber sie waren Dir und mir gleich drückend. Ich mußte es tun. Mit herzlichen Gruß und Lebewohl

Deine Sanna«

Mit einem befriedigten Atemzug steckte Seraphine den Brief wieder in den Umschlag und schloß ihn kunstvoll. Dann legte sie ihn nur vorn auf die Schreibtischplatte, damit er jedem gleich in die Augen fallen mußte. Stolzerhobenen Hauptes schritt sie dann durch die Zimmerreihe und nahm gleichsam schon wieder Besitz davon.

Es würde sich alles leichter und müheloser machen lassen, als sie in ihren kühnsten Erwartungen zu hoffen gewagt hatte. Dieser Brief war so recht nach ihren Wünschen geschrieben. Nicht die Spur eines Verdachts konnte auf sie fallen.

Es galt jetzt nur zu bedenken, was man den Dienstboten über Sannas Verschwinden sagen und welche Lesart man unter die Leute bringen sollte. Man brauchte ja nur die Geheimrätin Papperitz zum Sprachrohr zu machen. Die würde schon dafür sorgen, daß eine passende Erklärung bekannt würde.

Noch eine Weile ging sie nachdenklich hin und her und überlegte, ob sie Werner sofort von Sannas Verschwinden Mitteilung machen sollte. Endlich verließ sie Sannas Zimmer und schloß die Tür hinter sich ab. Berta kam ihr auf der Treppe entgegen. »Die Sache hat sich aufgeklärt, Berta. Die gnädige Frau ist auf einige Zeit verreist. Sie sprach mit mir gestern schon davon, doch ich glaubte, sie würde erst heute abend reisen. Lassen Sie jetzt das Frühstück für mich bringen, und legen Sie mir meine Sachen zurecht. Ich will dann bald ausgehen.«

Seraphine begab sich ins Speisezimmer, und nachdem sie mit großer Seelenruhe ihr Frühstück eingenommen hatte, machte sie noch einen Gang durch den Garten. Sie sah sich die neu angelegten Beete an und ging dann langsam ins Haus zurück. Als sie eben über die Diele ging, um sich in ihrem Zimmer für den Ausgang zurechtzumachen, hörte sie draußen einen Wagen vorfahren. Lauschend blieb sie stehen, den einen Fuß schon auf der Treppe. Im nächsten Augenblick öffnete sich die Tür — und vor ihr stand Werner Rutland. Wäre der Blitz vor Seraphine eingeschlagen, hätte sie nicht mehr erschrecken können.

Wie das leibhaftige schlechte Gewissen! dachte Werner, als er mit schnellen Schritten auf sie zutrat.

»Guten Tag, Tante Phine!«

Sie faßte sich mühsam.

»Mein Gott, Werner — du — das ist ja — du siehst mich fassungslos vor Erstaunen. Ich denke, du bist noch in Afrika — und nun stehst du plötzlich hier vor mir. Ich habe dich jetzt nicht erwartet.«

Er beobachtete sie scharf.

»Ich wollte euch überraschen, und mir scheint, das ist mir gelungen, wenn du auch wenig Freude darüber an den Tag legst.«

Seraphine zwang sich zu einem Lächeln, während sie sich klarzumachen suchte, wie sie sich jetzt zu verhalten hatte.

»Lieber Himmel, Werner, in deinem eigenen Hause wirst du doch willkommen sein. Nur sehr erschrocken bin ich — man kann auch vor Freude erschrecken.«

»Ja, das kann man.«

Sie reichte ihm huldvoll die Hand.

»Also nun erst einmal herzlich willkommen daheim!«

Er berührte flüchtig mit den Lippen ihre Hand.

»Nun möchte ich zu Sanna. Wo ist sie? In ihren Zimmern?«

Er wollte schon an ihr vorüber die Treppe hinaufeilen. Da aber legte ihm Seraphine die Hand auf den Arm. In ihren Augen lag noch eine heimliche Unruhe — ein Schuldbewußtsein.

»Warte einen Augenblick, Werner, ich habe dir etwas mitzuteilen. Du kommst im Grunde wie gerufen und siehst mich in einer unbeschreiblichen Aufregung. Deshalb wohl auch meine Fassungslosigkeit bei deinem Anblick. Es ist heute schon so viel auf mich eingestürmt. Wir haben in dieser Stunde entdeckt, daß Sanna wahrscheinlich schon gestern abend heimlich das Haus verlassen hat. Ihr Schlafzimmer war unberührt. Sie hatte sich, Unwohlsein vorschützend, gestern abend zeitig zurückgezogen, und seit der Zeit hat sie niemand mehr im Hause gesehen.«

Werner stand wie erstarrt. Sein Gesicht wurde bleich, und jeder Muskel darin schien gespannt. Seine Augen bohrten sich drohend in die Seraphines.

»Was ist geschehen, was hast du Sanna angetan?« stieß er heiser hervor.

Sie richtete sich stolz auf. Jetzt war sie wieder Herrin der Lage.

»Deine Worte sind mir unverständlich, mein lieber Werner, und ich will sie deiner Erregung zugute halten. Ist mir doch selbst der Schreck heute morgen in alle Glieder gefahren. Was soll ich Sanna getan haben? Ich habe sie gehütet wie meinen Augapfel, wenn sie sich auch leider immer wieder meinem Schutz entzogen hat. Was geschehen ist, weiß ich leider selbst nicht. Ich bin vor wenigen Minuten erst ratlos aus Sannas Zimmern gekommen, wo ich nach ihr gesucht hatte. Ratlos stand ich ihrem Verschwinden gegenüber. Ich fand nichts oben als einen an dich gerichteten Brief. Hier ist der Schlüssel von Sannas Zimmern, ich schloß sie ab, der Dienstboten wegen. Hoffentlich enthält der Brief eine Erklärung und erlöst auch mich aus meiner Unruhe.«

Werner riß ihr fast den Schlüssel aus der Hand und stürmte die Treppe hinauf. Sie sah ihm mit lauernden, flimmernden Augen nach.

Wenn ich nicht wüßte, daß er Käthe Verhagen liebt, könnte ich denken, er sei in seine Frau verliebt, so unsinnig gebärdet er sich, dachte sie beunruhigt, und zum erstenmal beschlich sie Angst, daß ihr fein angelegter Plan doch noch scheitern könnte.

Inzwischen stand Werner oben vor Sannas Schreibtisch und hielt ihren Brief in seinen zitternden Händen. Mit brennenden Augen starrte er darauf nieder. Sein Gesicht zuckte in furchtbarer Erregung.

Heiße Sehnsucht im Herzen, war er zu ihr geeilt — und nun hielt er ihren Abschiedsbrief in Händen.

Er hatte sie fragen wollen in drängender Ungeduld: »Willst du mir angehören mit Leib und Seele, so wie das Weib dem Manne angehören soll, dessen Namen sie trägt?« Aber ehe er die Frage hatte stellen können, war ihm Sanna mit einem Nein zuvorgekommen. Geflohen war sie vor ihm, geflohen — aus seinem Schutz, vor seiner Liebe.

Schmerzlich stöhnte er auf, und langsam las er den Brief noch einmal durch. Der war so ruhig und klar abgefaßt, nicht ein Fünkchen Hoffnung blieb ihm. Zum zweitenmal hatte er Schiffbruch erlitten in seiner Liebe.

Sie wollte ihn nicht einmal sehen, schämte sich, daß sie ohne Liebe seine Frau geworden war, und wagte sich mit ihrer Unerfahrenheit in ein unbekanntes Leben hinein, nur um ihm nicht begegnen zu müssen.

Auf jeden Fall mußte er sofort mit Rudolf und Käthe sprechen. Vielleicht würde Käthe zu ihr nach Berlin fahren, um ihr beizustehen. So allein durfte sie nicht bleiben. Allerlei Gefahren konnten sie bedrohen. Und wenn sie ihn selbst nicht sehen wollte, Käthe würde sie sicher gestatten, sich ihrer anzunehmen.

Er sprang auf und ging auf die Tür zu. Da trat Seraphine ein. »Nun, Werner — ich fiebere vor Unruhe. Hast du Näheres in dem Brief über Sannas Verschwinden erfahren?«

»Sanna ist nach Berlin gereist, sie hat mein Haus für immer verlassen. Kannst du mir sagen, ob sich etwas Besonderes ereignet hat, das sie zu diesem Entschluß trieb? Hast du irgendeine Veränderung in ihrem Wesen bemerkt?«

Seraphine zuckte die Achseln.

»Ich sagte dir schon, sie hat sich leider immer mehr von mir zurückgezogen. Frau Verhagen hat einen, ich muß sagen, sehr ungünstigen Einfluß auf sie ausgeübt. Meinen guten Willen, sie zu behüten, hat sie mißachtet. Was Käthe Verhagen sagte, war ihr wie ein Evangelium. Und Rudolf Raven hat sich bei ihr ebenfalls außerordentlich eingeschmeichelt. Wenn ich offen zu dir sein soll, ich fürchtete manchmal, zwischen den beiden spiele sich etwas ab.«

»Was willst du damit sagen?« stieß er erregt hervor.

»Mein Gott, du bist wirklich seltsam, weshalb siehst du mich denn so drohend an? Es kann ja sein, daß ich mich täusche, aber sie turtelten oft wie Liebesleute miteinander. Sanna war auch in der letzten Zeit sehr ungleich in ihren Stimmungen, aber wie gesagt, sie zog sich mehr und mehr von mir zurück, und wir haben immer nur das Nötigste besprochen.«

Werner zog die Stirn finster zusammen. In seinen Augen lag ein schmerzliches Sinnen. Er fuhr sich mit einer raschen, entschlossenen Gebärde durchs Haar.

»Entschuldige mich jetzt, ich habe etwas zu erledigen. Wenn ich zurückkomme, sprechen wir weiter über diese Angelegenheit«, sagte er rasch und verließ mit kurzem Gruß das Zimmer.

Seraphine ging beunruhigt hinter ihm die Treppe hinab. Jetzt hieß es aufpassen und die Fassung nicht verlieren. Die Gefahr würde schon vorüberziehen.

XIV.

Rudolf Raven hatte sich neben seinem Baubüro einige hübsche, elegante Zimmer als Wohnung eingerichtet. Er saß an seinem Schreibtisch, als Werner bei ihm eintrat. Erfreut sprang er auf und begrüßte den Freund mit warmer Herzlichkeit.

»Gottlob, daß du endlich da bist, mein lieber Werner! Wirklich, du bist von uns mit Sehnsucht erwartet worden. Nun sag mir, wie geht es deiner Frau, wir haben sie einige Tage nicht gesehen. Wie fandest du sie?«

Werner sah ihm mit einem seltsamen Blick in die Augen.

»Ich habe sie gar nicht angetroffen, Rudolf. Sanna ist fort.«

Rudolf fuhr erschrocken auf.

»Fort! Was soll das heißen?«

»Sie ist abgereist nach Berlin, gestern abend wahrscheinlich, für immer fort aus meinem Hause.«

»Unsinn — das ist ja Unsinn«, fuhr Rudolf auf.

Werner atmete gepreßt.

»Leider nicht. Aber ehe wir weiter darüber sprechen, muß ich dir eine Frage vorlegen und beschwöre dich bei unserer langen Freundschaft, sie mir ehrlich zu beantworten.«

»Darum hast du mich noch nie besonders bitten müssen. Aber jetzt setz dich erst mal und trink einen Schluck Wein, du siehst ja aus, als sei dir der Schrecken in die Glieder gefahren. Und ich wittere Unheil, dazu braucht man wahrscheinlich nicht erst Käthes sechsten Sinn. So — nun trink!«

Er hatte Werner in einen Sessel gedrückt und ihm ein Glas Wein eingeschenkt. Während Werner es hastig leerte, setzte er sich ihm gegenüber.

»So, nun kannst du fragen, mein Lieber.«

Werner strich sich über die Stirn.

»Tante Phines Geschwätz hat dir und anderen also verraten, daß zwischen Sanna und mir nur eine Scheinehe bestand. Ich schicke das meiner Frage voraus, um dir zu beweisen, daß ich im Grunde kein Anrecht auf sie habe. Nun sag mir ehrlich: Hat zwischen dir und Sanna eine Neigung bestanden, die sie zur Flucht aus meinem Hause — vor mir — bewegen konnte?«

Rudolf richtete sich zu voller Größe auf.

»Wie kommst du zu dieser Frage? Hat dir die edle Fürstin Seraphine dies beigebracht?«

»Ja, sie machte mir gegenüber eine Andeutung, daß zwischen euch eine Neigung nicht ausgeschlossen sei.«

Rudolf lachte grimmig.

»Dachte ich's doch! Meine Ahnung hat mich also nicht getäuscht! Das war nicht sehr schlau, edler Seraph! Mein lieber Werner, ich wette, die liebe Dame wird bitter enttäuscht sein, daß ich dir deine Frage mit einem entschiedenen und ehrlichen Nein beantworten muß.«

Werner atmete auf. Ihm war plötzlich zumute, als sei noch nicht alle Hoffnung für ihn verloren.

»Ich danke dir. Aber was meinst du mit deinen Andeutungen in bezug auf Tante Phine?«

Wieder lachte Rudolf zornig auf.

»Oh, sie hat es nicht an liebevoller Beihilfe fehlen lassen. Sie hätte jedenfalls eine solche Neigung mit Freuden begrüßt.«

»Wie meinst du das?« fragte Werner gespannt und erregt.

Rudolf erzählte ihm nun in gedrängter Kürze von Seraphines Vorgehen und von ihrer Spioniererei.

Werner ballte die Fäuste.

»Was hat sie nur damit bezwecken wollen?« fragte er verstört.

Rudolf legte dem Freund die Hand auf die Schulter.

»Mein lieber Werner, du bist den Tücken dieser Frau gegenüber das reine Wickelkind, nimm mir das nicht übel. Bedenke doch, wie sie sich bei dir im Hause eingenistet und sich zur Herrscherin aufgeschwungen hat. Sie wollte sich von diesem erhabenen Thron nicht verdrängen lassen durch deine Frau. Erst versuchte sie dieselbe zur Sklavin zu machen, und da ihr das nicht gelang, glaubte sie wohl, eure Scheinehe durch sanfte Intrigen zu lösen. Sie wollte deine Frau einfach mir in die Arme treiben. Jeder andere wäre ihr natürlich auch recht gewesen, aber bei mir glaubte sie vielleicht leichteres Spiel zu haben. Ich durchschaute sehr bald ihre gemeinen Absichten und schwieg dazu, um deiner Frau nicht die Unbefangenheit zu rauben. Auf eine Lösung eurer Ehe hat Seraphine sicher gerechnet, das ist uns längst klargeworden. Aber nun sag mir erst: Was ist geschehen, weshalb ist deine Frau aus deinem Hause gegangen? Ich denke, nach allem habe ich ein Recht auf dein Vertrauen.«

»Du sollst alles wissen«, antwortete Werner bedrückt, und dann erzählte er Rudolf, wie es gekommen war, daß Sanna seine Frau geworden war und daß er sie allein gelassen hatte. Er berichtete ihm, wie er Sanna erst nur als ein liebes, reizendes Kind betrachtet hatte und wie dann langsam die Liebe für sie in seinem Herzen erwacht und fester und fester mit seinem Sinn verwachsen war. Nichts verbarg er dem Freund mehr, der teilnahmsvoll lauschte. Er erzählte ihm, wie Sannas Liebreiz sein Herz hatte genesen lassen von der unglücklichen Neigung zu Käthe und wie er nun froh gewesen sei, daß Rudolfs Brief ihn früher aus der Selbstverbannung zurückgerufen hatte. Und wie er dann voll Sehnsucht heimgekehrt sei und nur noch Sannas Brief vorgefunden habe.

Er zog diesen Brief aus der Tasche und reichte ihn Rudolf.

»Nun lies selbst, was sie mir schreibt«, schloß er seinen Bericht.

Rudolf las, und ein ernster Ausdruck trat auf sein hübsches, sonst so heiteres Gesicht.

Dann stand er auf und legte seine Hände auf Werners Schultern.

»Lieber Freund, ich glaube nicht alles, was in diesem Brief steht. Frau Sannas Wahrheitsliebe in Ehren, aber manchmal werden Frauen durch die Verhältnisse zur Lüge gezwungen. Ich wette noch immer, da steckt eine Teufelei von Seraphine dahinter. Weißt du was? Wir gehen jetzt zu Käthe, die soll uns auf die Sprünge helfen. Frauen wissen immer mehr voneinander als wir von ihnen. Und Käthe hat deine Frau herzlich lieb.«

»Ich wollte dich schon darum bitten, mich zu deiner Schwester zu begleiten. Vielleicht ist sie so gütig, Sanna in Berlin aufzusuchen. Ich sorge mich maßlos um sie.«

»Gut — gehen wir zu ihr. Ich wollte zwar eben in eigener Sache einen wichtigen Gang antreten. Da ist seit gestern ein kleiner Doktor summa cum laude hier im Lande, ein süßer Trotzkopf mit braunen Zöpfen und blauen Augen. Diesen Edelfalken wollt' ich mir zähmen. Aber er fliegt mir nicht gleich fort. Nein, frage nichts und rede nichts, später hörst du alles. Jetzt gilt es erst deine Sache zu erledigen, die ist dringender. Ich wollte dir nur durch meine Andeutung den untrüglichen Beweis dafür geben, daß deine kleine Frau mir nur wie eine Schwester lieb ist. Und nun komm zu Käthe. Wenn sie dir helfen kann, tut sie es herzlich gern, sie fühlt sich immer noch bedrückt dir gegenüber. Und mir ist, als würde sie alles in Ordnung bringen, ich will nur nicht vorgreifen. Da, trink noch einen Schluck, daß du wieder Farbe im Gesicht bekommst.«

Er nötigte Werner noch ein Glas Wein auf, und dann gingen sie schnell ihres Weges.

Käthe Verhagen saß zu Hause und blätterte in neuen Büchern und Zeitschriften, aber ihre Gedanken schweiften immer ab. Eben hatte Doktor Lotte Hansen sie verlassen, die gestern aus Zürich zurückgekehrt war.

Käthe hatte sich die größte Mühe geben müssen, diesen hübschen braunzöpfigen und blauäugigen Doctor summa cum laude nicht ein wenig in bezug auf seine Herzensbeschaffenheit auszuforschen.

Schließlich konnte sie es aber nicht unterlassen, ein ganz klein wenig ihre Fühler auszustrecken. Sie sagte mit der unschuldigsten Miene:

»Wenn du noch ein Weilchen bleibst, wirst du auch meinen Bruder begrüßen können, ich erwarte ihn jeden Augenblick.«

Mit innigem Vergnügen hatte sie bemerkt, wie Lotte rot geworden war. Im Gegensatz zu diesem Zeichen innerer Erregung hatte sie kühl erwidert:

»Ich muß sogleich wieder aufbrechen, Käthe. Deinen Bruder sehe ich ja früh genug ein andermal.«

Und schnell war sie entflohen.

Käthe hatte spitzbübisch hinter ihr hergelacht.

Jetzt glaube ich fast selbst, daß die Ohrfeige ein Liebesbeweis war, dachte sie vergnügt.

Sie hatte sich dann zerstreut zu ihren Zeitungen gesetzt, und ehe sie noch ihre Gedanken ganz von Lotte Hansen und Rudolf lösen konnte, wurden ihr dieser und Werner Rutland gemeldet.

Erfreut sprang sie auf und eilte den Herren entgegen. Herzlich faßte sie Werners beide Hände.

»Willkommen daheim, lieber Freund, und gottlob, daß du da bist! Warum hast du Sanna nicht mitgebracht?«

Werner küßte ihr die Hand — und sein Herz blieb ruhig. Käthe Verhagen war ihm wieder die Freundin geworden, seine Liebe gehörte jetzt Sanna.

Rudolf berichtete nun an Werners Stelle, was geschehen war.

Käthe hörte mit ernstem Gesicht zu, und ihre Stirn zog sich nachdenklich zusammen. Als Rudolf mit seinem Bericht zu Ende war, fuhr Werner fort:

»Nun bin ich zu dir gekommen, Käthe, um dich herzlich zu bitten, nach Berlin zu reisen und dich Sannas anzunehmen. Rudolf will dich, wenn es nötig ist, begleiten. Du kannst dir denken, daß ich keine ruhige Minute habe, bis ich weiß, daß Sanna nicht schutz- und hilflos dem Leben gegenübersteht. Mich selbst will sie ja leider nicht sehen. Für mich steht aber jeder andere Gedanke hinter der Sorge um ihr Wohl zurück.«

Käthe sah ihn forschend an.

»Darf ich Sannas Brief einmal lesen?« fragte sie statt einer Antwort.

Werner reichte ihr denselben, und sie las ihn langsam durch. Dann beugte sie sich vor und blickte lächelnd in sein blasses, zuckendes Gesicht.

»Werner, darf ich eine peinliche Frage stellen, ohne von dir als aufdringlich oder neugierig zurückgewiesen zu werden?«

Er nickte. »Bitte, frage!«

»Also sag mir ehrlich: Liebst du deine Frau, ich meine so, wie ein Mann seine Frau lieben soll?«

Werners Stirn rötete sich, aber er wandte den Blick nicht von den ehrlichen, warmen Frauenaugen.

Mit einem tiefen Aufatmen sagte er fest:

»Ja, ich liebe Sanna. Alles, was früher in mir war, ist untergegangen in diesem Gefühl. Aber was hilft mir das? Sanna liebt mich nicht und ist vor mir geflohen. Ich habe kein Glück bei den Frauen. Mag Tante Phine auch wirklich dazu beigetragen haben, daß sie mein Haus verließ, daß sie es getan, beweist, daß sie mich nicht liebt und eine Ehe mit mir fürchtet.

Käthe erhob sich und trat mit feuchtschimmernden Augen auf ihn zu.

»Lieber Werner, ich bedaure, daß ich nicht nach Berlin reisen kann — oder will, du selbst mußt Sanna aufsuchen.«

Werner hatte sich ebenfalls erhoben.

»Du vergißt, daß sie mich nicht sehen will.«

Käthe schüttelte den Kopf.

»Nein, das vergesse ich keinesfalls, im Gegenteil, ich prägte es mir recht fest ein. Aber ich las noch viel mehr aus diesem Brief heraus, und ich rate dir dringend: Reise sofort nach Berlin, suche Sanna auf, sage ihr, daß du sie liebst und ohne sie niemals glücklich werden kannst — alles andere findet sich von selbst.«

Werner fuhr sich über die Stirn.

»Kann ich das denn? Sie ist ja vor mir geflohen?«

Da lachte Käthe herzlich, und in ihren Augen schimmerte die Freude.

»O ihr kurzsichtigen Männer! Daß ihr doch nicht lernt, uns Frauen richtig zu beurteilen! Sanna ist nicht vor dir geflohen, sondern vor sich selbst — weil sie dich liebt und sich von dir nicht wiedergeliebt glaubt.«

Werner zuckte zusammen. »Wie willst du das begründen?« fragte er in atemloser Hast.

»Begründen? Muß man euch immer mit Gründen kommen? Ich weiß, daß Sanna dich liebt, weiß es von ihr selbst.«

»Von Sanna selbst?« fragten die beiden Herren zugleich.

Käthe nickte strahlend.

»Jawohl, eines Tages hat sie sich bei mir verraten. Es ist zwar nicht richtig, ihr Geheimnis preiszugeben. Aber euch Männern muß man ja mit Beweisen kommen. Für mich wäre dieses Bekenntnis gar nicht nötig gewesen, ich hätte auch so gewußt, daß Sanna dich liebt. Denn vor einem Mann, der uns gleichgültig ist, laufen wir Frauen nicht davon. Sanna hätte sonst ruhig deine Heimkehr abgewartet und dir gesagt: Laß uns auseinandergehen, wir lieben uns nicht. Daß sie so sinnlos flieht, dich nicht sehen will und sich schämt, deine Frau geworden zu sein, beweist, daß sie dich liebt und sich ungeliebt glaubt. Eile zu ihr und überzeuge sie von deiner Liebe, dann wird sie überraschend schnell bereit sein, dir wieder ins Haus zu folgen und dir das Glück zu bringen.«

Werner küßte Käthe mit Inbrunst beide Hände. In seinen Augen lag ein frohes Hoffen.

»Ach, wenn du recht hättest, Käthe!« sagte er heiser vor Erregung.

»Verlaß dich nur auf Käthes Worte, Werner. Etwas Ähnliches hätte ich dir auch geraten. Aber Käthe kann das besser. Sie führt überzeugende Gründe ins Treffen und hat die einfachste Lösung gefunden. Also komm, mein Lieber, du gehst zum Bahnhof, und ich habe glücklicherweise noch Zeit, meinen Edelfalken zu zähmen«, sagte Rudolf Raven frohgelaunt.

»Du, Rudolf, er war eben erst bei mir, dein Edelfalke!« rief Käthe lachend.

»Wie lange ist er fort?«

»Zehn Minuten bevor ihr kamt. Und weißt du, jetzt glaube ich auch an den Liebesbeweis.«

Rudolf nickte lachend, aber in seinen Augen brannte die Ungeduld.

»Und ich erst recht. Auf Wiedersehen, Käthe! Komm, Werner, wir gehen noch ein Stück zusammen.«

Die Herren verabschiedeten sich von Käthe.

»Nun geht eurem Glück entgegen, ihr beiden — und vergeßt nicht, daß ich voll Ungeduld auf die Nachricht warte, daß ihr es gefunden habt«, sagte sie herzlich.

Lotte Hansen war von Käthe Verhagen sofort nach Hause zurückgekehrt, obwohl sie erst noch einige Besuche hatte machen wollen.

Ihre Eltern waren nicht daheim. Die junge Dame legte zerstreut Hut und Handschuhe ab und strich sich das Haar glatt. Nachdem sie noch eine Weile unschlüssig in ihrem Zimmer diesen und jenen Gegenstand zurechtgerückt hatte, griff sie nach einem dicken Buch und setzte sich damit in das Wohnzimmer ihrer Eltern. Es handelte sich um ein medizinisches Werk, und Doktor Lotte Hansen versuchte sich darin zu vertiefen. Aber sie konnte heute ihre Gedanken gar nicht konzentrieren. Es war sonderbar. Seit sie ihre Prüfung hinter sich hatte, war eine gewisse geistige Müdigkeit über sie gekommen.

»Ich habe den trockenen Stil satt, scheint mir«, sagte sie plötzlich leise vor sich hin und stützte den Kopf in die Hand.

So saß sie noch da, als das Mädchen ihr meldete, daß der Herr Baumeister Raven seine Aufwartung machen wolle.

Helles Rot flog über Lottes Gesicht.

»Haben Sie dem Herrn Baumeister nicht gesagt, daß meine Eltern nicht zu Hause sind?« fragte sie unwirsch.

»Doch, aber der Herr Baumeister wünschte ausdrücklich Fräulein Doktor Hansen zu sprechen.«

»So führen Sie ihn in das Gesellschaftszimmer«, erwiderte Lotte kühl.

Als das Mädchen gegangen war, richtete sich Lotte hastig auf und trat vor einen Spiegel. Aber kaum hatte sie einen Blick hineingeworfen, wandte sie sich, ärgerlich über sich selbst, ab und ging mit großen festen Schritten hinüber. Dabei warf sie aber doch noch einen Blick auf ihre schönen, tadellos gepflegten Hände und strich glättend über das knappe, gutsitzende Kleid, das sich den schönen Linien ihrer jugendlich kräftigen Gestalt anschmiegte. So trat sie, das Haupt mit den reichen braunen Flechten stolz erhoben, vor Rudolf Raven hin.

Er ging ihr rasch einige Schritte entgegen und umfaßte mit einem strahlenden Blick die anmutige Erscheinung.

»Fräulein Doktor, ich gestatte mir, Ihnen meinen Glückwunsch persönlich zu überbringen.«

Lotte sah ihn sehr kühl an und lud ihn zum Sitzen ein.

»Bemühen Sie sich nicht, Herr Baumeister, ich weiß zur Genüge, wie Sie über Frauenstudium denken. Sie nehmen es ja doch nicht ernst.«

»Bitte sehr, ernster als ich kann es kein Mensch nehmen.«

»Dann haben Sie Ihre Ansichten radikal geändert.«

»Vielleicht, Fräulein Doktor. Und wenn man seine Ansichten ändert, muß man auch den Mut haben, dies einzugestehen.«

Lotte lächelte spöttisch.

»Da bin ich neugierig.«

»Ich trete den Beweis sofort an, mein sehr verehrtes Fräulein Doktor. Wie sie mich hier sehen, bin ich gekommen, um mich als erster Patient in Ihre Behandlung zu geben. Ich hoffe, es ist mir noch niemand zuvorgekommen.«

»Mir scheint, Sie belieben zu scherzen, und das vertrage ich in meinem Beruf nicht. Sie sehen nicht aus, als ob Sie ärztlicher Hilfe bedürften.«

Rudolf seufzte kläglich mit einem wehleidigen Gesicht.

»Das täuscht, Fräulein Doktor. Leider bin ich von einem quälenden Leiden befallen — schon lange.«

»Dann hätten Sie längst einen anderen Arzt befragen sollen.«

Er seufzte wieder und sah sie mit bittenden Blicken an, denen sie auszuweichen suchte.

»Mir kann schwerlich ein anderer Arzt helfen. Ich habe nun einmal nur Vertrauen zu Ihnen und deshalb gewartet, bis Sie zurückgekommen sind — sehr sehnsüchtig gewartet. Und nun bin ich hier und bitte Sie inständig, befreien Sie mich von meinem Leiden.«

Ihr Gesicht rötete sich.

Sie erhob sich, aber zu gleicher Zeit sprang Rudolf auf.

»Um Gottes willen, Fräulein Doktor, wollen Sie mich grausam meinem Schicksal überlassen? Ist das Ihre Menschenfreundlichkeit, für die Sie früher jedes Opfer bringen wollten?«

»Es wird meiner Menschenfreundlichkeit keinen Abbruch

tun, wenn ich einen ungalanten Scherz zurückweise«, entgegnete sie scharf.

Rudolf trat dicht zu ihr heran und blickte ihr mit einem zwingenden, flehenden Blick in die Augen.

»Fühlen Sie doch wenigstens einmal meinen Puls — wie er rast! Das ist doch ein beängstigendes Zeichen, nicht wahr? So schlecht geht es mir nun schon, seit ich eines Abends — ein Jahr ist es wohl her — eine Ohrfeige bekam — nein, bleiben Sie doch, ich flehe Sie an! Die Ohrfeige bekam ich verdientermaßen — und von einer lieben, sehr lieben Hand. Aber furchtbar schlecht ist sie mir bekommen. Seit jener Zeit ist meine Herztätigkeit ganz aus der Ordnung geraten. Und wozu sind Sie nun Doktor summa cum laude geworden, wenn Sie mir nicht für mein Leiden eine Linderung geben können. Fräulein Doktor — Doktor Lotte — fühlen Sie doch nur ein einziges Mal meinen Herzschlag — ich glaube, dann bin ich schon halb gesund.«

Er faßte schnell nach ihrer Hand und preßte sie fest an sein Herz.

Lotte wurde rot und wollte sich losreißen.

»Lassen Sie das!« rief sie heftig, aber in ihrem Gesicht zuckte es unruhig.

»Nein, ich lasse diese liebe, kleine Hand nicht los — nie mehr! Jetzt hört es auf mit der Quälerei, das halte ich nicht mehr aus. Mädel, liebes, trotziges, süßer, kleiner Doktor, ich hab dich ja so lieb, so wahnsinnig lieb. Und dir springt ja auch trotz aller Abwehr die Liebe aus den Augen. Ergib dich doch, du Unband. Soll ich wie ein verliebter Primaner zu deinen Füßen liegen und um Verzeihung winseln! Das willst du doch nicht. So ein Waschlappen könnte doch meinem Edelfalken nicht gefallen. Mädel, ich bin dir ja so von Herzen gut. Eigentlich habe ich die Ohrfeige ganz unschuldig gekriegt — jawohl! Hast mich erst mit deinen Augen um den Verstand gebracht. Kein Mensch kann es mir verdenken, daß ich dich küßte, so lieb warst du anzuschauen. Und ich muß es auch jetzt wieder tun, deine roten Lippen sind mildernde Umstände. Diesmal halte ich dir aber die flinken Hände.«

Damit zog er sie so fest an sich, daß sie sich nicht rühren konnte, und küßte sie nun wieder und wieder.

Erst fühlte er noch ihren Widerstand, aber dann ergab sie sich in ihr Schicksal und ließ den Sturm seiner Zärtlichkeit willenlos über sich dahinbrausen. Als er endlich fühlte, daß ihre widerstrebenden Lippen seine Küsse wiedergaben, löste er die Arme.

»So«, sagte er tief aufatmend, »nun ist mir schon viel wohler. Du bist ein prächtiger Arzt, meine Lotte. Dieselbe Arznei, täglich, nein stündlich angewandt, wird mich von jeder Krankheit heilen.«

Lotte trat von ihm fort. Sich die gelockerten Flechten feststeckend, sagte sie zwischen Lachen und Weinen schwankend:

»So ein kecker Mensch wie du ist mir in meinem ganzen Leben noch nicht vorgekommen.«

Nun umschlang er sie von neuem.

»Nimm das sofort zurück!«

»Fällt mir nicht ein!«

»Dann muß ich dich bestrafen.«

»Wag's nur!«

»Mit Vergnügen!«

Und er küßte sie wieder und wieder und fragte nach jedem Kuß:

»Willst du Abbitte leisten?«

Sie schüttelte jedesmal den Kopf.

Da sah er sie listig an.

»Gelt, du kannst auch nicht genug bekommen von meinen Küssen?«

Da nahm sie seinen Kopf zwischen ihre Hände und sah ihn an. Und die Blicke senkten sich tief ineinander.

»Du — du Räuberhauptmann«, sagte sie leise, mit halberstickter Stimme.

Er hob sie jubelnd empor.

»Mein bist du — mein bleibst du — ein Räuberhauptmann gibt seine Beute nicht mehr frei.«

Sie lachten sich an.

»Und was soll nun mit meiner Doktorwürde werden — du Unmensch?« fragte sie seufzend.

»Oh, ich bestelle dich sofort zu meinem Hausarzt. Du wirst so viel an mir zu heilen haben, daß du gar keine anderen Kranken brauchst.«

Lotte schüttelte den Kopf und blickte ihn ernst an.

»Nein, du, da streike ich — ich will doch verwerten, was ich gelernt habe.«

Er streichelte ihre Hände.

»Ich habe ja nichts dagegen, Doktor Lotte, für die Zeit, da ich dich nicht für mich nötig habe, darfst du dich auch anderen Menschen widmen. Aber versprich mir feierlich, erst komme ich — und dann deine Kranken.«

»Bedingungen habe nur ich zu stellen, du Tyrann.«

«Gott bewahre — du verkennst die Sachlage. Also versprich: erst ich — dann die anderen noch lange nicht.«

Sie lachte.

»Ich verspreche gar nichts.«

Da nahm er sie wieder in die Arme und sah sie mit heißen Augen an.

»Lotte!«

Sie sah zu ihm auf.

»Dummer Rudolf — dummer Rudolf — ich lasse mich doch so gern von dir beherrschen.«

»Bravo, süßer, kleiner Doktor!«

Sie deutete lächelnd mit dem Finger auf seine Wange.

»War es die?« fragte sie zärtlich.

Er hielt mit einem tiefen Seufzer die geschlagene Wange hin.

»Du findest deine Spuren wohl heute noch drauf?« neckte er.

Sie küßte ihm die Wange und legte dann leise die ihre daran. »So, nun ist es gutgemacht.«

»Nein, dazu gehört jahrelange, sehr zärtliche Behandlung.«

Sie zog ihn am Ohr. »Frechdachs!«

In dieser Weise neckte sich das Brautpaar, bis Lottes Eltern nach Hause kamen.

Eine halbe Stunde später rief Rudolf seine Schwester durch das Telefon an. Lotte stand neben ihm. Als sich Käthe meldete, sagte er: »Du, Käthe, siehst du mir nichts an?«

Käthe lachte.

»O ja, du siehst riesig verlobt aus. Ich wünsche dir Glück!«

»Woher weißt du denn, daß es etwas zu beglückwünschen gibt?«

»Mein sechster Sinn, du weißt ja. Jetzt ruf mir einmal schnell die Lotte an den Fernsprecher!«

»Ist schon da!« antwortete Lotte.

»Du Duckmäuserin«, schalt Käthe. »Na warte nur, in einer Viertelstunde bin ich mit Fritz bei euch. Ich muß dir den Kopf waschen und euch beiden ganz nebenbei vor Freude ein bißchen totdrücken.«

»Das verbitten wir uns — das Leben ist zu schön«, rief Rudolf nun wieder.

»Schere dich fort, ich will noch mit Lotte sprechen!«

»Nun also — ich bin wieder da«, sagte Lotte lachend.

»Schön. Sei doch so gut und gib Rudolf in meinem Namen einen Nasenstüber.«

»Ach du — der läßt sich nichts mehr von mir gefallen.«

»Na, dann kann's auch meinetwegen ein Kuß sein.«

»Wird besorgt — prompt!«

»So — nun Schluß! In einer Viertelstunde sind wir dort. Stellt den Sekt schon kalt!«

»Auf Wiedersehen!«

Lotte hing den Hörer ein und führte Käthes Auftrag aus.

Später gab es eine frohe Verlobungsfeier.

Werner Rutland war spät am Abend in Berlin angekommen und fuhr sofort in das Gasthaus, wo er mit Sanna gewohnt hatte.

Der Pförtner mit dem guten Personengedächtnis erinnerte sich sofort seiner, als er fragte, ob Frau Rutland ihr altes Zimmer wieder bewohne.

»Gewiß, Herr Doktor, die gnädige Frau Gemahlin bewohnt wieder Nummer vier. Aber das Zimmer, das der Herr Doktor früher bewohnt hat, ist leider besetzt.«

Werner wußte nun wenigstens, daß Sanna hier war.

»So geben Sie mir vorläufig ein anderes Zimmer.«

Er sagte dann noch, daß er am anderen Morgen um acht Uhr geweckt zu werden wünsche und daß man seiner Frau seine Ankunft nicht melden solle, weil er sie überraschen wolle. Dann ging er hinter dem Kellner hinauf in sein Zimmer und begab sich zu Bett.

Vor Erschöpfung schlief er bald ein, trotz der Erregung,

die ihn beherrschte; hatte er doch schon einige Nächte auf der Heimreise ziemlich schlaflos verbracht.

Erst als man ihn am nächsten Morgen weckte, wurde er wach. Schnell machte er sich fertig und überlegte nun, wie er sich Sanna nähern sollte.

Unschlüssig schritt er den langen Flur einige Male auf und ab. Dabei ging er wieder und wieder an Sannas Zimmer vorbei.

Dann mußte diese wohl geklingelt haben, denn das Zimmermädchen trat bei ihr ein. Sie kam gleich darauf wieder heraus mit dem leeren Frühstücksgeschirr. Durch die halbgeöffnete Tür erblickte Werner Sanna für einen Augenblick. Sie saß zum Ausgehen fertig angekleidet am Fenster.

Werner wartete noch einen Augenblick, bis das Mädchen verschwunden war. Dann trat er entschlossen an die Tür und klopfte.

Sanna forderte zum Eintreten auf, wohl in der Meinung, daß das Zimmermädchen noch einmal zurückgekehrt sei.

Werner trat schnell ein und schloß die Tür hinter sich. Sanna fuhr entsetzt von ihrem Stuhl empor und stieß einen leisen Schrei aus. Mit zitternden Händen umfaßte sie die Lehne ihres Stuhls, um sich zu stützen. Ihr Gesicht wurde erst glühendrot und dann sehr bleich. Werner trat auf sie zu, und sie sahen sich stumm in die Augen. Ihm war zumute, als sähe er Sanna zum erstenmal. Wie bezaubernd war sie in diesen zwei Jahren der Trennung geworden.

»Sanna, warum bist du vor mir geflohen?« fragte er in bebendem Ton.

Sie schauerte zusammen, als ob sie friere, und biß die Zähne fest aufeinander. Und dann streckte sie wie bittend die Hände aus und zeigte stumm zur Tür.

Er schüttelte den Kopf.

»Nein, Sanna, du darfst mich nicht fortschicken, bevor du mich angehört hast. Du hast mir zwar geschrieben, ich soll dir nicht folgen, du willst mich nicht sehen — aber ich konnte dir diesen Wunsch nicht erfüllen. Denn ich muß dir sagen, daß du mich durch dieses Verbot sehr unglücklich gemacht hast. Sanna, seit zwei Jahren habe ich mich selbst aus deiner Nähe verbannt, um deine Ruhe, deinen Frieden nicht zu stören. Es ist mir sehr schwer geworden, denn schon als ich von dir ging, liebte ich dich zärtlich. Ich wäre so gern bei dir geblieben, um mir deine Liebe zu erringen. Aber ich wollte dich nicht zu früh in Unruhe bringen. Ich ging mit dem heimlichen Wunsch im Herzen, daß du mich zurückrufen würdest mit der Bitte: Bleibe bei mir! Du sprachst sie nicht aus, und ich ging, dem Versprechen getreu, das ich deinem Vater gegeben hatte. Wie schwer ist es mir geworden, Sanna! Denn ich liebe dich — seit du meine Frau geworden bist. Diese Liebe ist während der Trennung gewachsen und erstarkt. Sehnsuchtsvoll weilten meine Gedanken bei dir. Im Geiste sah ich dich durch das Haus schreiten, und die Tage der Trennung wurden mir zur Ewigkeit. Jedes deiner Worte in deinen Briefen habe ich geprüft, ob sich ein Fünkchen Liebe dahinter verbergen könnte. Deine Locke, die du mir als Talisman mitgabst, habe ich auf meinem Herzen getragen und sie geküßt vieltausendmal. Der Gedanke: Du hast eine schöne, junge Frau daheim, aber du darfst sie nicht in deine Arme nehmen und fragen »Liebst du mich?« quälte mich in mancher schlaflosen, sehnsuchtsvollen Nacht. Und dann endlich hielt ich's nicht mehr aus und eilte heim. Fiebernd vor Sehnsucht betrat ich mein Haus und suchte meine junge Frau. — Sie war geflohen vor mir und meiner Liebe. Fassungslos stand ich erst und starrte auf deine Abschiedsworte. So kühl sagtest du dich los von mir. Aber ich bin dir dennoch gefolgt. Du sollst es mir wenigstens ins Gesicht sagen, daß ich keine Hoffnung habe, dich zu erringen.«

Die junge Frau hatte in einem unbeschreiblichen Aufruhr der Gefühle seinen Worten gelauscht. Mit großen, bangen Augen sah sie nun zu ihm auf in sein bleiches, zuckendes Gesicht, in seine flehenden Augen. Sie konnte nicht fassen, was er da alles zu ihr sprach. Die Allgewalt der Liebe wurde ihr erst jetzt voll verständlich, als die seine auf sie einstürmte. Aber sie brach hilflos unter diesem Sturm zusammen und sank zitternd in ihren Sessel zurück, das Gesicht fassungslos in den Händen bergend.

Da stand er aber schon neben ihr und umfaßte sie mit beiden Armen.

»Meine Sanna, meine geliebte Frau, willst du wirklich von mir gehen?« fragte er leise mit heißer Innigkeit.

Da drängte sie sich stumm und zitternd in seine Arme und barg den Kopf an seiner Brust.

Er riß sie jubelnd zu sich empor. »Wildvögelein, hast du mich lieb?« Sie blickte ihn an mit einem bangen, glückseligen Staunen.

»Ach, Werner, liebst du denn nicht Käthe Verhagen?«

Fest preßte er sie an sich, und in seinen Augen flammte es auf.

»Das also war es. Ach, nun versteh' ich alles. Das hat dir Tante Phine erzählt?«

Sie nickte, ihn immer noch bange und forschend ansehend.

»Ist es denn nicht wahr?« fragte sie in atemloser Erwartung.

Er preßte seine Lippen fest auf die ihren in jäher Glut.

»Fühlst du, daß ich dich liebe, nur dich?« flüsterte er.

Sie schmiegte sich erschauernd an ihn.

»Und bin ich dir wirklich keine drückende Fessel?«

Er barg ihr Köpfchen wie schützend an seiner Brust.

»Hat dir das Tante Phine auch gesagt?«

»Ja.«

»Sie soll es büßen!« stieß er hervor. Aber gleich wurde er wieder weich und zärtlich.

»Und das hast du geglaubt, Sanna?«

»Mußte ich's denn nicht, Werner? Ich wußte doch, daß du mich nur auf Vaters Wunsch zu deiner Frau gemacht hast. Und Käthe Verhagen ist so gut und schön — man muß sie lieben.«

Er setzte sich und zog sie auf sein Knie. Ernst und voll heißer Zärtlichkeit sah er in ihre dunklen, wunderbaren Augen.

»Ich habe Käthe auch einmal sehr liebgehabt — als du noch nicht meine Frau warst. Als sie Fritz Verhagens Frau wurde, war ich sehr niedergeschlagen und dachte, es gäbe kein anderes Glück für mich. Aber dann wurdest du mein — und die Liebe zu dir ließ mich Käthe vergessen. Und jetzt kann mich nur eines glücklich machen — deine Liebe. Hast du mich lieb, kleine Sanna?«

»So unsagbar — ich wäre ja gestorben vor Herzeleid, wenn du mich nicht wiedergeliebt hättest. Schrecklich waren die Tage der Qual, seit mir Tante Phine gesagt, daß du froh wärst, wenn ich aus deinem Leben ginge.«

Er küßte und streichelte sie zärtlich.

So saßen sie und wurden nicht müde, von ihrer Liebe zu sprechen und von dem, was sie gelitten hatten.

Werner konnte sich nicht genugtun, sie noch nachträglich zu trösten.

»Du läßt mich nun nie, niemals mehr allein!« bat sie leise.

Er küßte sie heiß und innig.

»Nie mehr! Sollte ich noch einmal reisen müssen, gehst du mit mir.«

»Bis ans Ende der Welt, wenn es sein muß.«

»Aber jetzt wird es mich lange genug im Hause festhalten. — Mit Tante Phine rechne ich gründlich ab, wenn ich heimkomme. Aus dem Hause kann ich sie leider nicht weisen. Aber in den zweiten Stock wird sie verbannt, in ihre Zimmer, und du selbst wirst nun in meinem Haus die unbeschränkte Herrin sein. Vorläufig aber, meine süße Sanna, bleiben wir einige Wochen hier in Berlin. Ich muß dich erst eine Weile ganz für mich allein haben und wäre sogar auf Käthe eifersüchtig. Aber jetzt wollen wir der Guten wenigstens eine Nachricht schicken, damit sie weiß, daß ich mein Glück gefunden habe. Ich halte es fest in meinen Armen und lasse es nimmer von mir.«

So geschah es denn auch. Werner setzte folgendes Telegramm an Käthe auf:

»Als glückliches Ehepaar empfehlen sich Werner und Sanna ihrer Glücksgründerin. Brief folgt.«

Als Antwort hierauf traf Rudolf Ravens Verlobungsanzeige mit Doktor Lotte Hansen ein. Und dazu ein lieber, lieber Brief von Käthe an Sanna.

Vier Wochen später kehrte das junge Paar nach Danzig zurück.

Seraphine Münzer hatte recht unbehagliche Tage hinter sich, denn sie hatte weder von Werner noch von Sanna eine Nachricht bekommen.

Um so erstaunter und fassungsloser war sie, als Ende Mai

das junge Paar ohne jede Anmeldung im Hause Rutland eintraf.

Seraphine verlor diesmal doch ihre überlegene Ruhe. Die hoheitsvolle Miene hielt nicht stand vor Werner Rutlands zürnenden Augen.

Auch ihre fein ausgeklügelte Verteidigungsrede verfing nicht. Fürstin Seraphine wurde entthront und in den zweiten Stock verbannt.

Dort mußte sie in Zukunft, auf ihr Jahrgeld angewiesen, ein bescheidenes Leben führen, das sehr verschieden war von dem, welches sie unten auf Werner Rutlands Kosten geführt hatte. Ihren Kränzchenschwestern gegenüber suchte sie die Behauptung aufrechtzuhalten, daß sie sich freiwillig auf ihr ›Altenteil‹ zurückgezogen habe. Aber man glaubte ihr das nicht, und da man nicht mehr auf die üppigen Einladungen rechnen konnte, vernachlässigte man die alte Dame sehr.

Sanna hatte sich mit anmutiger Würde in ihr unbeschränktes Hausfrauenamt gefunden.

Werner Rutland betete seine schöne, junge Frau an. Käthe Verhagen blieb Sannas beste Freundin. Sie und ihr Mann, dazu Rudolf mit seiner Lotte, das waren die liebsten Gäste im Hause. Wenn außer ihnen niemand weiter zu Gast war, und dies geschah sehr häufig, dann wurde Tante Phine nicht heruntergebeten. Käthe und Rudolf zürnten der alten Dame viel länger als Sanna und Werner.

Sanna wurde ihrem Mann eine eifrige Mitarbeiterin an seinem Werk. Nach einigen Jahren begleitete sie ihn auf kurze Zeit nach Südwest. Sie suchten die Stätten auf, die sie vor Jahren zusammen betreten hatten, und schmückten die Gräber von Sannas Eltern. Der Farmer hatte Wort gehalten, die Gräber glichen herrlichen Blumenbeeten.

Auch Schwester Agathe sahen sie wieder. Sie war in ihr Amt zurückgekehrt und freute sich über das Glück des jungen Paares.

Mit Dankbarkeit im Herzen kehrte Sanna mit ihrem Mann nach wenigen Monaten der Abwesenheit in ihre deutsche Heimat zurück.

COURTHS-MAHLER

11127 Dorrit in Gefahr
11135 Das Geheimnis einer Namenlosen
11140 Die Tochter der zweiten Frau
11147 Ich weiß, was du mir bist
11155 Hilfe für Mona
11162 Die Menschen nennen es Liebe
11170 Zwei Frauen
12023 Das Halsband
12054 Das Erbe der Rodenberg
12065 Griseldis
12072 Die Kriegsbraut
12081 Sag, wo weiltest du so lange
12084 Die Sonne von Lahori
12087 Das Drama von Glossow
12094 Du darfst nicht von mir gehen
12101 Juttas Befreiung
12111 Aus erster Ehe
12117 Die schöne Kalifornierin
12123 Nun ist alles anders geworden
12130 Der verhängnisvolle Brief
12138 Wo du hingehst
14029 Arme kleine Anni
14048 Eine ungeliebte Frau
14054 Die schöne Miss Lillian
14056 Die Adoptivtochter
14059 Wir sind allzumal Sünder
14063 Weit ist der Weg zum Glück
14067 Ihr Reisemarschall
14072 Diana
14079 Verkaufte Seelen
14091 Ich hab' Dich lieb
14093 Die Bettelprinzess
14116 Du meine Welt
14129 Die schöne Unbekannte
14135 Die Pelzkönigin
15011 Der Scheingemahl
15014 Rote Rosen
15019 Lena Warnstetten
15039 Die Herrin von Retzbach
17061 Heide Rodenau kämpft um ihr Glück